KB063508

루디의 라디오

dot. 12

이정인

루디의 라디오

악작

toc.

1

별볼을… 좋아하세요?

쑨디가 죽었다. 쑨디는 은하계를 대표하는 라디오 프로그램 '별 볼 일 있는 이야기', 약칭 '별볼'의 전설적인 디제이였다. 별볼은 방송 초기에는 그야말로 별 볼 일 없었다. 음악이나 틀지 디제이가 뭐 그리 말이 많으냐는 반응이 잇따랐고, 프로그램이 폐지된다는 소문이 먼지처럼 스튜디오를 떠돌았다. 위기에 처한 별볼이 살아난 건 쑨디의 뻔뻔한 입담이 입소문을 타면서부터였다. 행성마다 마니아층이 형성되며 상승세로 돌아선 청취율은, 어느새 은하계 최고 기록까지 갈아치웠다.

별볼은 무수한 유행어를 만들어냈다. 청취자들은 일이 너무 많아 남들의 평범한 여유가 부러울 때면 한숨을 쉬며 '별볼 보고 앉아 있네'라고 중얼거렸다. 상대와 단둘이 시간을 보내고 싶을 때는 '별볼을 좋아하세요?'라고 슬쩍 작업을 걸었다. 자신감이 생긴 '빛나는 라디오국'은 별볼의 곁다리 코너까지 독립 편성하며 재미를 봤다. 청취자들의 반응은 폭발적이었다.

"우리에게 더 많은 별볼을 달라!"

"별볼이 곧 라디오요, 쑨디가 곧 디제이니, 다른 방송은 소음에 불과하다!"

다른 라디오국들은 별볼을 이기려 안 해본 일이 없었지만, 뭘 해도 되는 일이 없었다. 디제이를 교체하고 제작진을 통째로 바꿔봐도 청취율은 늘 바닥이었다.

특급 게스트를 섭외해도 상황은 달라지지 않았다. 한번은 어느 라디오국에서 우주를 창조했다고 주장하는 '신'이라는 남자를 섭외했는데, 쑨디의 농담 몇 마디에 금방 화제를 빼앗겨버렸다.

"신이라는 분한테 참 고마워요. 얼마나 우주를 재

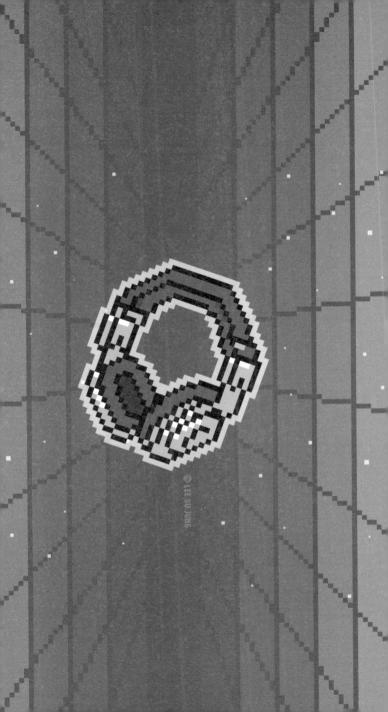

미없게 만들었으면 다들 휴일에도 우리 라디오를 듣고 있겠어요?"

신은 투덜거리면서 빛나는 라디오국에 벼락 몇 방을 뿌리고 갔다. 그래도 별볼에 오래 잊혔던 자기 이름이 언급되어 은근히 좋아했다는 후문이었다.

라디오는 권력이었다. 인기 프로그램을 보유하지 못한 다른 행성의 지도자들에게는 더욱 아니꼬운 권력이었다.

"이건 문화 독재나 마찬가지요. 고작 네르텔인 한 사람의 농담이 온 은하를 웃긴다? 이게 집단 세뇌가 아니면 뭐요? 게다가 저번 방송에서는 우리 게볼루 정부를 비하한 게 확실해."

게볼루의 총독은 직접 라디오국에 방문해서 따졌다.

"총독님, 그분들도 듣고 싶은 걸 듣는 건데 저희가 뭘 어떻게……."

"어디 일개 라디오국장이 행성 정상에게 말대꾸를! 당장 방송을 중단하지 않으면 네르텔을 폭격하겠소!"

안 그래도 장기독재와 경제난에 불만이 쌓일 대

로 쌓인 게불루의 시민들은 총독의 집무실을 에워싸고 함께 라디오를 듣는 시위를 했다. 한발 물러선 총독은 그 뒤로 공개석상에 나서지 않고 잠잠했다. 시위대가 확성기로 튼 방송이 재밌어서 총독이 출근하는 걸 까먹었다는 소문이었다.

총독의 닦달에 해고 위기에 처한 '축축한 라디오국' 작가들은 사연 대신 밤을 새워 쑨디를 겨냥한 루머를 창작했다. 물론 괜한 짓이었다. 광활한 테베코 행성 공단에서 일하는 '별볼러'들의 항의 전화에 방송국만 마비되고 말았으니까.

"술 먹고 비행선 몰다 잡힌 건 너희 디제이겠지!"

그러거나 말거나 빛나는 라디오국에는 은하 곳곳에서 온 편지와 선물이 매일 산더미처럼 쌓여갔다. 공개방송을 하는 날이면 '우주가 망해도 우리 쑨디는 망하지 마'라는 플래카드를 든 팬클럽 '쑨애보' 회원들이 라디오국 밖에 가득했다.

네르텔 최고 인문대학에서는 별볼의 성공 비결을 '따차'로 요약했다.

"따차가 뭡니까?"

기자가 묻자 인문대학장은 내심 흡족한 듯이 대

답했다.

"따차란, 우주의 모든 사연에는 따뜻함과 차가움이 공존한다는 쑨디의 진행 철학을 개념화한 겁니다."

"굳이 말을 줄인 이유가 있습니까?"

"별볼 1,423회 방송에서 쑨디가 지나가듯 이렇게 말했죠. '당신이 딱히 할 이야기가 없는데 일단 관심을 받고 싶다면 말을 줄여봐라. 주변에서 미치도록 궁금해할 테니까'라고요. 보세요, 따뜻했던 기자 여러분의 눈빛이 지금 얼마나 차가워졌는지."

화제의 중심답게 별볼에는 사건과 사고가 끊이지 않았다. 노루브 행성에서는 쑨디를 노리고 암살자를 보낸 적도 있었다. 암살자는 쑨디의 화려한 언변에 휘둘리지 않도록 오래 정신무장 훈련을 받았다.

"쑨디가 한 번이라도 네가 보낸 사연을 읽은 적 있나?"

"없습니다!"

"너에게 알쏭달쏭 퀴즈 경품을 준 적은?"

"없습니다. 단 한 번도!"

"그것 봐라, 쑨디는 따뜻한 척하면서 속으로는 너와 우리 행성을 무시하고 있어!"

그렇게 철저히 준비했지만, 막상 스튜디오에 침입

해 쑨디를 보자 암살자는 몸이 얼어붙고 말았다.

"잠시만요, 지금 깜짝 손님이 도착했는데요. 꼭 저를 암살하러 온 분 같죠?"

친근한 음악과 분위기를 휘어잡는 쑨디의 목소리가 들리자 옛날 생각이 나며 참았던 울음이 북받쳤다. 겁을 먹으면 얼굴이 초록빛으로 변하는 막내 작가가 오들오들 떨리는 손으로 손수건을 건넸다.

"왜 저를 암살하려는 거죠?"

"그게요, 사실은요……."

암살자의 목소리가 떨렸다.

"광물 도매하시던 부모님이 블랙홀에 빠진 뒤로 돌아오지를 않으세요. 어린 저는 돈이 너무 필요했어요. 배도 고프고 집에 돌아오면 늘 혼자고. 이 일만 끝나면 잘 살 수 있다길래……."

"어릴 때 우리 별볼 듣고 자라셨죠?"

"어떻게 아셨어요?"

"딱 보면 알죠. 우리 별볼 식구끼리는 통하는 게 있잖아요."

"식구요? 감히 제가 별볼 식구가 될 수 있을까요?"

"무슨 소리예요. 우리 프로그램에 사연도 자주 보

내셨죠? 미안해요. 읽어주고 싶었는데 사연이 너무 많았어요. 말씀 들으니까 기억나네요."

암살자는 감격에 겨워 콧물을 훌쩍였다.

"우주 어디에서 이 방송을 듣고 있든, 우리 식구들이 이분 지켜주기로 해요. 그럼 이제 신청곡 받을까요?"

별불을 얘기할 때 '이름 없는 반란' 역시 빼놓을 수 없다. 네르텔 역사의 한복판에 본의 아니게 별불이 휘말린 사건 말이다. 반란군의 잔혹한 사령관 낌킴비는 어린 시절 우스꽝스러운 이름 때문에 놀림을 받다가 비뚤어졌다.

"나를 낌킴비라고 부르지 마."

"그게 네 이름인데?"

"그래도 부르지 마!"

어린 낌킴비가 소리를 빽 지르면 친구들은 낌킴비를 싸구려 로켓에 태웠다. 작은 몸이 겨우 들어갈 만한 로켓을 타고 한바탕 하늘을 날고 나면 온몸이 토사물로 범벅이 되었다.

"누구든 내 이름을 부르면 용서하지 않을 거야"

어린 낌킴비는 다짐했다. 세월이 흘러 군인이 된 낌킴비는 자기 이름을 부를 때마다 히죽거리던 상사에게 앙금을 품고 병사들을 선동해 무기를 탈취했다.

"아무도 날 사랑하지 않아. 왜냐면 내 이름은 우주에서 제일 엉망이니까."

반란군은 거침없이 진격해 빛나는 라디오국에까지 이르렀다.

"네르텔을 완전히 먹기 전에 별볼에 나가야겠어. 내가 얼마나 무서운지 온 은하에 알려줘야지."

라디오국에 들이닥친 병사들은 제작진에게 총구를 겨누고 지금 당장 낌킴비가 출연하지 않으면 건물을 불태우겠다고 협박했다.

"사령관님의 이름을 입에 담아선 안 돼. 그랬다가는 너희 다 끝장이다."

막내 작가의 얼굴은 녹조처럼 파래졌다.

낌킴비는 위엄 있는 걸음으로 스튜디오에 들어갔다.

"자, 오늘의 초대 손님. 이름은 있어도 그 이름을 함부로 부를 수 없는 분이죠. 자기소개 한번 해주실까요?"

"아무도 내 이름을 부를 수 없어. 나는 우, 우주에

서 제일 강한 놈이거든."

낌킴비는 쏜디의 농담에도 웃지 않고, 맥락에 맞지 않는 엉뚱한 대답만 해댔다. 중반까지 낌킴비의 우물거림으로만 채워진 탓에 그날 방송은 역사상 가장 지루한 회차로 언급된다. 첫 출연에 너무 긴장해서 머리가 새하얘졌다는 게 라디오역사학자들의 공통된 의견이었다.

"청취자 반응 확인해볼 텐데요. '우주에서 제일 강한 사령관님, 저는 우주에서 제일 졸린 놈인데 첫사랑 얘기해주세요'라고 올리셨네요?"

"난 첫사랑 없어. 아무도 날 사랑하지 않아."

"아니, 이렇게 듬직한 분을 왜 아무도 안 좋아하실까요?"

"왜냐면 내 이름이……."

"사령관님 뭐라고요?"

"내, 내 이름이……."

숨이 가빠진 낌킴비는 식은땀을 흘리며 심장을 부여잡았다.

"묻지 말라고 했잖아!"

사령관을 경호하던 병사가 다시 총부리를 들었다.

"아니, 제가 안 물어봤잖아요?"

"맞아, 쑨디님은 안 물어봤어."

그곳의 병사 대부분도 사실은 별볼의 열렬한 애청자였다. 봉급도 안 오르고 휴가도 잘려 하품이나 하다가 분위기에 휩쓸려 반란군이 된 참이었다. 사령관의 출연보다는 자신들의 신청곡을 슬쩍 밀어넣는 데 관심이 있었다.

병사들의 실랑이를 지켜보던 낌킴비는 울먹이면서 마이크에 대고 소리쳤다.

"누가 낌킴비를 좋아하겠어! 낌킴비는 혼자 살고 혼자 죽는 외로운 낌킴비다!"

사령관의 우렁찬 고백은 온 은하로 퍼져나갔다. 오늘 게스트가 왜 저 모양이냐며, 그래도 별볼이니까 참고 본다며 불만을 삭이던 청취자들이 일제히 탄성을 질렀다. 외로운 낌킴비! 라디오를 부여잡고 우주에서 제일 외롭다며 칭얼거리는 게 별볼 팬들의 일상 아닌가. 낌킴비는 그들이 결코 미워할 수 없는 캐릭터였다.

낌킴비는 당당해. 낌킴비는 외로움을 숨기지 않아. 외톨이 부대의 사령관 낌킴비!

비몽사몽 고개를 꾸벅이던 청취자들의 반응이 살아났다. 낍킴비 티셔츠를 만들어달라는 요구부터 낍킴비가 고백하면 단기간의 만남도 고려해보겠다는 반응까지 나왔다.

"사령관님 이것 좀 보세요. '낍킴비, 내 마음에 쿠데타를 일으켜!' 다들 사령관님 좋다고 난린데요?"

병사들 사이에서는 낍킴비가 별볼에 나가고 싶어 반란을 일으켰다는 소문이 돌았다. 조금 멍청해도 짐승 같은 추진력에 믿고 따랐는데 유명해지니 귀여운 척을 한다는 불만도 있었다. 무엇보다 신청곡을 독점한 건 참으려야 참을 수 없었다.

기분도 꿀꿀해진 병사들은 삼삼오오 모여 반란군을 이탈했다. 반란이고 뭐고 나온 김에 뜨끈한 국물요리나 먹고 부대로 돌아가기로 했다. 프로그램이 끝나고 혼자 남겨진 낍킴비는 정부군에 체포되었다.

"라디오 하나만 가져가게 해주세요."

독방에 가게 생긴 낍킴비의 마지막 말이었다. 교도관들 사이 잡담에 따르면, 테우네리 행성 과수원에서 일하던 청취자가 낍킴비의 매력에 빠져 면회를 왔다고 한다.

"당신 이름이 우주에서 최악은 아니에요. 내 이름은 짜룰빠거든요."

낌킴비는 잘 익은 사과처럼 짜룰빠의 손에 행복하게 놀아나다 결국 모범수로 석방되었다.

쑨디의 '별 볼 일 있는 이야기'는 단순한 라디오 프로그램이 아니었다. 별볼은 오랜 친구 같았다. 생각 없이 함께 웃고 떠들기만 한 것 같은데, 돌아보면 별 볼 일 없는 삶에 그 시간이 유일한 추억이었다. 은하계 청취자들은 별볼의 에피소드로 한 시절을 떠올리며 회한에 잠겼다.

그래서 쑨디가 죽었을 때, 삶의 일부가 사라진 듯하다는 표현은 결코 과장이 아니었다. 자기만 보면 방방 뛰던 강아지가 공원에서 눈 맞은 짝과 새살림을 차리겠다고 선언해도 그보다는 외롭지 않을 것이었다.

쑨디는 별볼 스튜디오에서 죽었다. 평소처럼 맛깔스러운 농담을 섞어가며 사연을 읽다가, 순간 목소리가 사라졌다. 온 은하에 침묵이 찾아왔다. 사람들은 농사를 짓다가, 장거리 비행을 하다가, 잠시 숨을 돌리려다가, 그 일을 못 하게 됐다.

"쑨디, 어디 갔어요?"

그러면 쑨디의 유자차 같은 목소리가 어디선가 들려올 것 같다고, 첫 방송일이 생일이라는 인공위성 청소부는 말했다.

라디오국은 비상이었다. 쑨디 없는 별볼은 상상해본 적도 없었다. 담당 프로듀서는 네르텔 대통령의 전화를 받았다. 엔지니어들은 줄담배를 피웠다. 막내 작가의 얼굴은 이제 얼굴인지 열대림인지 분간이 되지 않았다. 어떻게 해서든 대책을 마련해야 했다. 밤샘 회의가 이어지고 피부는 푸석해져갔다. 생방송은 당분간 재방송으로 대체되었다. 온갖 뜬구름 잡는 소리가 등장했지만, 핵심은 간단했다.

누가 디제이를 맡을 것인가.

아무나 대타로 세워놓을 수 있는 자리가 아니었다. 쑨디의 목소리와 함께 프로그램의 운명도 끝나버리면 어떡하지? 프로듀서는 초조해 한숨을 쉬며 복도를 오갔다.

라디오국에는 구태 디제이들의 전화가 걸려왔다. 별볼이 성공하기 전, 가십거리를 퍼 나르며 라디오

문화를 오염시키던 자들이었다. 청취율을 올리기 위해 디제이들이 앞장서 종족 사이를 이간질하던 시절이 있었다. 실제로 그런 방송에 중독된 지도자가 다른 행성을 침공하기도 했다. 구태 디제이들이 전보다는 출연료를 깎아주겠다며 너스레를 떨자 프로듀서는 치가 떨렸다. 먹고살기 위해 그 밑에서 봉급을 받던 시절이 떠올라서였다.

쏜디의 죽음을 놓고 이곳저곳에서 음모론이 자라났다. 네르텔 정부가 권력에 도전하는 쏜디를 제거했다는 소문은 게불루 행성에서 퍼뜨린 것이었다. 자체 프로그램으로 성공하기 어렵다고 판단한 총독은, 게불루 출신 디제이가 별볼을 맡는 방향으로 전략을 바꿨다. 쏜디가 퍼뜨려온 네르텔의 불온한 사상을 바로잡아야 한다는 것이었다.

"농담, 헛소리, 공상. 이게 다 쏜디가 퍼뜨린 것들이지. 삶을 낭비하고 문명을 우습게 만드는 병균 말이야. 요즘 애들이 막 나가는 게 다 이유가 있다고."

총독은 쏜디가 자신의 초상화 그리기 대회를 은근히 비꼰 회차를 기억하고 있었다.

투명 괴물이 쏜디의 목을 졸랐다는 괴담도 돌았

다. 치명적인 약점을 들킨 쑨디가 스스로 목숨을 끊었다는 악의 섞인 이야기도 있었다.

막내 작가는 회의실을 청소하다 쑨디의 말을 떠올렸다.

'우리는 우주가 멸망할 때까지 서로의 사연을 나누며 살아야 하는 존재예요. 그러지 못하면 변비 환자처럼 답답해서 미치고 말겠죠!'

이대로 상황을 보고만 있을 수는 없었다. 막내 작가는 쑨디 곁에서 알게 모르게 많은 것을 배웠다. 처음 만나는 게스트의 헤어스타일을 무례하지 않게 놀리는 법, 방송에서 실컷 한 얘기를 재구성해 회식 자리에 써먹는 법, 말장난이 기대만큼 터지지 않았을 때 몸짓으로 만회하는 법 등등.

쑨디가 했던 멘트가 머릿속에 맴도는 날에는 집에 돌아와서 따라 해보기도 했다. 하지만 같은 문장이라도 자기 입에서 나오면 맹숭맹숭해서 맛이 없었다. 언젠가 회식 자리에서 막내 작가는 취기를 빌려 쑨디에게 물었다. 어떻게 그리 진행을 잘하게 되었느냐고. 하나둘 쓰러져가는 테이블에 턱을 괸 쑨디는 술이 들어가 조금은 진지한 얼굴로 대답했다.

"다 이야기를 꼬시려다 보니 여기까지 온 거예요. 이야기는 보기보다 매정해서 분위기가 좀만 마음에 안 들면 바로 파티장을 떠나버리거든요. 그러니 이야기한테 잘 보여야 해요. 옷도 잘 입고 말도 예쁘게 할 줄 알아야죠."

디제이에게 무엇보다 중요한 건 이야기를 좋아하는 마음 아닐까?

그날의 기억을 떠올린 막내 작가는 회의에 들어가 디제이 오디션을 제안했다. 과정은 간단했다. 지원자들이 직접 사연을 찾아서 현장으로 떠난다. 단, 여태까지 별볼에 소개되지 않은 사연이어야 한다. 사연을 담은 녹음 파일을 제출하면, 라디오국 심사를 거쳐 최종 후보를 선정해 매회 방송한다. 그중 차기 디제이를 청취자 투표로 결정한다.

"하긴, 쏜디가 말했지. '음악 없는 라디오는 있어도 사연 없는 라디오는 라디오가 아니다.'"

담당 프로듀서가 고개를 끄덕인 뒤 말했다.

막내 작가의 아이디어를 들은 직원들은 적극적인 지지도, 비판도 하지 않았다. 회의는 늘 그런 식이었다. 이리저리 빙글빙글 차를 몰아도 결국 처음에 찍

© LEE SU JUNG

은 곳이 맛집인 법. 체력이 다 바닥 날쯤 직원들은 만장일치로 막내 작가의 아이디어를 채택했다. 누구의 아이디어였는지 본인도 가물가물할 때였다.

제작진의 애타는 마음을 알기나 하는지, 오디션 공고를 본 청취자들은 '나도 디제이나 해볼까'란 유행어를 만들어냈다. 미래도 막막한데 어디론가 훌쩍 떠나고 싶다는 뜻이었다. 우주는 넓고 할 일은 많다는 것도 다 옛이야기가 아닌가.

이 책의 여정을 함께할 주인공도 사정은 마찬가지, 네르텔 최고 인문대학의 기숙사에서 졸린 눈을 비비며 별볼 재방송을 듣고 있었다. 오늘은 일찍 일어나서 뭐라도 좀 해봐야지 다짐했는데, 여전히 이불 속이었다. 마구잡이로 자란 오렌지색 머리카락은 침대 위에서 뒹구느라 산발이었다.

방학이 되었지만 고향인 헤베 행성에 돌아갈 생각은 없었다. 엄마에게는 공부할 게 많다는 핑계를 댔지만, 사실은 집에만 가면 숨이 막혀서 그랬다.

차라리 고아였으면 좋았을 텐데.

엄마 아빠와는 사이가 점점 나빠졌고, 동생은 씻

지도 않아 더러웠다. 그렇다고 학교생활이 즐거운 것
도 아니었다. 이불로 몸을 돌돌 말고 라디오를 듣고
있자니 자신이 너무 한심해서 견딜 수가 없었다.

"그거 알아? 난 저주받은 애벌레라고."

룸메이트는 아침 일찍 도서관에 가고 없었다. 혼
자 방에 남아서 좋았지만 열심히 사는 룸메이트가
아니꼽긴 했다. 다들 어디로 그리 바삐 가는 걸까?

"졸업하면 난 애벌레 탕탕이가 돼서 죽고 말 거야."

얼굴을 이불에 뭉갰다가, 일어나 앉았다가, 옆으
로 데굴데굴 굴렀다가, 왜 정신이 있는 거지 그냥 무
생물이 되면 좋겠어, 중얼거렸다가, 떠오르는 잡생각
들을 바늘로 톡톡 터뜨려주고 싶었다.

재방송 중인 별볼에서는 여느 때처럼 쏜디의 경쾌
한 목소리가 흘러나왔다.

'미래를 준비하는 가장 한심한 방법이 뭔지 아세
요? 불안이 밀려올 때마다 미래에 관한 헛소리를 하는
거예요. 그런데 이것만큼 재밌는 게 또 없긴 하죠.'

어느 행성에 살든 할 일 없는 젊은이라면 공감할
만한 말이었다. 이 부스스한 청취자도 고개를 끄덕이
며 별볼 애청자답게 헛소리를 중얼거렸다.

"나도 디제이나 해볼까. 미래도 막막한데."

생각해보면 살면서 꾸준히 해온 일이 딱 두 개였다. 멍청한 공상하기와 라디오 듣기. 정말이지 미래를 도모하기에 아무 도움도 안 되는 것들이었다.

심심풀이로 디제이 별명이나 지어보기로 했다. 디제이들은 모두 그럴듯한 별명을 가지고 있었다. 얼굴을 보지 못하니 청취자들은 별명이라도 부르며 디제이와 마음의 거리를 좁혔다.

순간, 별명 하나가 떠올라 노트에 적었다가 지웠다. 한참 그러기를 반복했다. 이건 너무 감상적이야, 이건 입에 안 붙어.

안녕하세요, 별볼의 새 디제이를 맡은……. 디제이라도 된 것처럼 공상에 빠졌다가, 꼭 마음에 드는 별명이 생각났다.

'루디'.

그러곤 누가 볼까, 줄 3백 개를 그어 글자를 가렸다. 3백 개의 줄이 겹쳐져 직사각형이 되는 동안 머리는 띵하고 연거푸 하품만 났다. 잘 구운 보름달빵을 닮은 양 볼이 들썩거릴 때마다 민트색 주근깨가 오르내렸다.

내가 뭘 하겠어.

아니야, 왜 자꾸 그런 생각을 해.

생각을 멈추자. 생각을 멈춘다는 생각도 멈추자!

그러다 다시 벌떡, 일어났다. 이렇게 생각이 많은
건 뭐라도 하고 싶다는 뜻일 텐데, 자기만 깎아내리
고 있기에는 방학이 너무 아까웠다.

내 삶에도 좀 신나는 일이 있으면 안 되는 건가?

그저 먼 곳으로 떠나고 싶었다. 여기가 아니라면
어디라도 좋았다. 가족도 없고 말만 번지르르한 대
학 친구들도 없는 곳이라면. 헛소리를 뱉으면 헛소
리가 현실이 된다고 쑨디가 말했던가. 마음속 충동
이 쭉 기지개를 켜자 이런저런 엉뚱한 계획들이 피
어올랐다.

잠시만 갔다 올까?

돈이 어딨다고.

충동이 보내는 메시지를 보고도 읽지 않았다가,
이제는 좀 답장해줄까 고민했다가, 잠들었다가, 하
여튼 그러느라 며칠이 지났다.

그동안 마음은 천천히 여행이나 갔다 오자는 결심으로 기울었다.

그래, 여행지에서 마음도 정리하고, 갔다 온 뒤로 정신 차리는 거야.

생각이 많은 사람은 의외로 충동에 취약하다. 지긋지긋한 생각의 감옥에서 빠져나가고 싶어 아무 손이나 잡아버리기 때문이다.

결심이 서자 행동은 금방이었다. 가방에 옷가지를 챙기고, 손목에는 '네르텔 워치'를 찼다. 입학 기념으로 받았는데, 최고의 가성비와 내구성을 자랑하지만 손목에 차기만 해도 유행에 수십 년은 뒤처질 수 있는 불가사의한 제품이었다. 소매에 가려 보이지 않을 때가 제일 예뻤다.

워치에 디제이용 녹음 프로그램을 설치하고, 자동번역 프로그램도 업데이트했다. 괜찮은 비행선 대여업체도 알아봤다. 비용을 생각하면 잠깐 손이 떨렸지만, 에라 모르겠다, 홧김에 질러버렸다.

집에는 알리지 않을 거야. 어차피 내가 죽는다 해도 누가 신경이나 쓰겠어?

충동은 못돼먹어서 사랑스럽다. 그래서 자꾸만

끌린다.

혹시 내가 어디 가는지 물어보면 알려는 줄 거야. 하지만 아무도 나한테 관심 없으니까, 그럴 필요도 없겠지. 그게 내 잘못이야?

생각에 생각을 잇다 보니 어느새 떠나기로 한 날이 되었다.

원래는 오설 행성에 가려 했다. 경치 좋은 휴양지에서 사소한 일로 막 헤어진 연인들을 인터뷰할 계획이었다. 간 김에 노을빛 얼음도 잔뜩 먹고 폭폭 살이 쪄서 돌아오면 완벽했다. 그런데 출발한 지 얼마나 되었을까. 루디는 조종실에서 나와 간이침대를 펴고 드러누우며 말했다.

"네가 잘났으니까 네 맘대로 해."

"또 시작이네."

"또, 라고? 우리 오늘 처음 봤어, 알아?"

"하루면 충분해. 오늘만 비행하다 벌써 몇 번째 삐지는지 패턴 파악 끝났다고. 방금 네 행동도 예측했어. 말을 안 했을 뿐이지."

"아우, 듣기 싫어. 그래서 다 내 잘못이라는 거야?"

"난 잘못 같은 건 하지도 않게 설계되었잖아? 그럼 누구겠어?"

가성비가 좋다는 말에 무턱대고 설치한 비행 프로그램이었는데, 이렇게 사사건건 시비를 걸어댈 줄은 몰랐다. '다소 싸가지 없을 수 있음'이란 주의사항도 확인하지 않고 사다니.

"넌 잘못을 안 하는 게 아니야. 뭐가 잘못인지 모르는 거지."

루디는 비행선이 떠나가라 음악 볼륨을 최대로 높였다. 그러고는 시집을 펼쳐서 읽기 시작했다. 우주의 모든 리듬으로 짠 태피스트리……라는 화려한 수식어가 붙은 책이었다. 누구한테 삐져서 열불 날 때는 시집이 최고였다. 과연 세 번째 시를 펼치자 졸음이 쏟아졌다. 푹 자고 일어나면 저딴 놈이 뭐라 지껄였는지 기억도 안 나겠지.

"루디, 루디!"

클럽에서도 시집만 있으면 수면 양말이 필요 없는 루디였다. 프로그램이 다급하게 부르는 소리는 당연히 듣지 못했다. 그사이 난잡한 문양이 그려진 싸구려 비행선 하나가 주변을 얼쩡거리더니, 아주 쉽게 루디의 비행선을 포박했다.

우주해적은 출입문을 해제하고 거침없이 조종실로 들어왔다.

"어떻게 할까요?"

부하 하나가 프로그램 모니터를 가리켰다. 프로그램은 비상벨을 울리고 북소리까지 내며 난리를 피웠지만 루디는 입을 벌리고 잠에 빠져들었다.

"부숴버려."

두목의 말에 부하는 도끼를 들었다.

"내가 아플 거라고 믿으면 너희들의 착각이야. 난 아픔을 모르게 설계되었거든."

프로그램이 말했다.

"그거 잘됐네."

"루디, 어서 일어나!"

도끼는 프로그램을 산산조각 내버렸다.

"쟤는 어쩌죠?"

두목은 루디가 떨어뜨린 시집을 집어 들었다. 몇 줄 읽다보니 두목은 그 시집이 좋아졌다. 내용은 이해할 수는 없었지만 외워두면 부하들 앞에서 허세 부리기 좋은 구절이 많았다. 오랜만에 시를 읽으니

오설 행성에서 어떤 여자랑 싸웠던 기억이 났다. 왜 싸웠더라? 이름도 가물가물하지만, 아무튼 매력 있는 여자였다.

"아직 반도 못 읽은 것 같은데 봐줄까."

시집 표지를 보자 두목의 마음이 몽글몽글해진 게 다행이었다. 부하들은 루디를 구명정에 태워 밖으로 보냈다. 불타는 선체가 뜨거워 눈을 뜰 때까지 루디는 쿨쿨 자기만 했다.

2

리듬과 믿음

    루디는 쿵, 하고 떨어졌다. 낯선 행성과의 첫 입맞춤이었다.

    단단한 머리가 먼저 아스팔트에 박힌 덕에 다치지는 않았다. 물구나무선 망부석처럼 멍하니 뒤집힌 도시를 보고 있는데 한 여자가 말을 걸었다.

    "세상에, 괜찮으세요?"

    "괜찮아요, 보시다시피요."

    "도로가 갈라졌는데요?"

    루디는 끙, 하고 아스팔트에서 머리를 빼 바로 앉았다.

"제 머리도 갈라졌나요?"

여자는 루디의 오렌지색 머리카락을 들춰 두피를 만져보았다.

"피 안 나죠?"

"네, 와, 신기하다. 그래도 병원에 가봐야 하지 않을까요?"

"뇌 조각만 안 굴러다니면 그만이죠. 그나저나 여기는 어디예요?"

"지구라고 아세요?"

루디는 기억을 더듬어보았다. 아마 라디오 사연이었을 텐데, 지구인은 살면서 두 가지 이유로 탄식한다고 들었다. 첫 번째는 '나는 우주에서 얼마나 먼지 같은가!'였고, 두 번째는 '나는 저 사람보다 얼마나 먼지 같은가!'였나 그랬다.

"지구 알죠. 혹시 여기는 자아가 일곱 개인 개체가 평범하다는 소리 듣고 그러진 않죠?"

"직장 상사라는 종족이 있긴 한데, 인간은 아니에요. 지구에는 인간만 살지 않는답니다. 보통 인간 자아는 하나예요. 좀 취하면 두 개고요."

"다행이네요. 자아가 너무 많으면 인터뷰하기 힘

들거든요."

"인터뷰요?"

여자는 유세라라는 이름의 집배원이었다. 유세라
도 별볼 애청자인 덕에 바로 말이 통했다.

"어떻게 이런 우연이 있죠? 어제도 별볼 재방송
듣다 잠들었는데.

사실 들으면서 늘 헷갈리긴 했어요. 진짜 네르텔
인이 하는 방송인지, 아니면 우주 컨셉으로 만든 드
라마인지 말이에요. 그게 중요한 건 아니고 재밌으
니까 계속 듣긴 했죠. 지구에서는 워낙 마니아층만
듣는 방송이에요. 그래서 더 반갑네요. 어디 가서
별볼 듣는다고 하면 또 무슨 인디밴드냐, 하는 반응
이거든요."

예정된 여행지는 아니었지만, 일단 왔으니 다람쥐
처럼 많은 사연을 입에 물고 돌아가기로 했다. 931
회에서 쑨디가 말했지 않았는가.

'우연이 싫다고? 그럼 넌 필연으로 태어났니?'

자신의 사연이 별볼에 나올 수 있다는 말에 유세
라의 눈빛이 빛났다.

"아직 정해진 건 아무것도 없어요. 물론 모르는

일이죠, 제가 차기 디제이가 될지? 그보다 길치라 엉뚱한 곳에서 헤맬까 봐 걱정이지만요."

　루디는 말하며 어깨를 으쓱했다. 한바탕 난리를 치르느라 네르텔 워치는 벌써 헌것처럼 보였다. 불에 탄 비행선 값을 물어줄 생각을 하니 앞으로 주머니 사정이 암담했다.

　유세라는 오토바이에 시동을 걸었다.

　"일단 탈래요? 온 김에 우리 동네도 구경하고요."

　루디는 떨어질까 봐 유세라의 옆구리살을 꼭 잡았다. 물렁물렁한 감촉이 좋았다.

　"어릴 때는 이 도시가 너무 지루했어요. 어딜 가든 똑같은 간판의 가게들만 가득했으니까요. 한번은 퇴근 시간대 북적이는 지하철 승강장에 서 있는데, 이 도시에서 내가 어떻게 늙어갈지 다 본 것 같은 예감이 드는 거 있죠? 문득 인파를 향해 이렇게 소리라도 지르고 싶었어요.

　'여러분! 저는 여러분의 운명을 알아요. 저의 운명도요. 대단한 뭔가가 되고 싶어 애쓰다가 여러분처럼 아무것도 아닌 존재가 돼버리겠죠?'

지금 생각하면 오만한 얘기지만, 무얼 해야 할지 막막할 때는 냉소만큼 편한 게 없잖아요. 그때 들어오는 열차 소리가 승강장을 메웠고, 뒤에서 사람들이 몸을 밀기 시작했죠. 자유의지가 어디 있어요, 그대로 열차의 내장에 구겨지고 말았죠. 몇 정거장 지나 겨우 몸을 빼내고 보니, 짜잔, 집배원 옷을 입고 있더라고요."

집배원 유세라에게 도시는 더 이상 지루한 회색 공간이 아니었다. 보통 사람들은 직선을 그으며 지나치는 공간을 주파수처럼 빽빽하게 채우며 돌아다녀야 했다. 밥알을 꼭꼭 씹어 삼키듯 골목을 누비고 계단을 오를 때면 허벅지와 허리에 통증이 따라왔다. 도시의 감각은 그렇게 뼈와 근육에 스며들었다.

"한때는 잘 모르지만 있어 보이는 말들에 끌렸어요. 예를 들면, 저런 거요."

오토바이는 횡단보도 앞에 멈춰 섰다. 거대한 이구아나를 닮은 시내버스 옆이었다. 버스 옆면에는 자기만의 색깔을 찾으라는 광고문구가 화려한 색깔로 찍혀 있었다. 신호가 바뀌고 오토바이는 다시 출발했다.

유세라는 자기만의 색깔은 몰라도 이 도시의 색깔은 온전히 느끼고 싶었다. 재개발 벽보가 붙은 단독주택의 검붉은 벽돌, 피자집 쪽문 앞에 피어오르는 알바생의 담배 연기, 주차장을 어슬렁거리는 하얀 고양이의 커피색 얼룩, 비 오는 날 주차장 웅덩이에 소용돌이치는 기름 무늬 같은 것들 말이다.

그뿐일까, 빌라의 초록 옥상에 깔린 복숭아빛 노을, 불 꺼진 미용실 거울에 비친 차분한 그림자, 밤 산책을 나온 강아지의 흐릿한 복슬복슬함까지. 유세라에게 색깔이 있다면 모두 이 도시로부터 물든 것이었다.

루디가 가까이서 본 유세라는 능숙한 집배원이었다. 골목과 계단을 오가는 몸짓이 병에서 잔으로 곡선을 그리는 술처럼 매끄러웠다.

"어떻게 그렇게 잘하세요?"

루디가 대뜸 묻자 유세라는 쑥스럽다는 듯 웃었다.

"그렇게 물어보면 뭐라고 답해야 해요?"

"저는 비밀을 알고 싶어요. 이 도시의 비밀요. 청취자들은 그런 걸 좋아하거든요."

"음, 저한테는 리듬이 일종의 영업 비밀이에요."

"리듬이요? 음악을 들으시나요?"

"아니요, 음악을 틀지 않아도 이 도시에는 어디에나 리듬이 있거든요. 꽉 잡아요!"

오토바이는 굴곡진 도로를 따라 커브를 돌았다. 유세라는 예전 남자친구 얘기를 해주었다. 남자친구는 언젠가 포장해온 떡볶이 비닐을 뜯다가 이상한 농담을 했다.

"일을 자꾸 반복하다 보면 리듬이 느껴질 때가 있지 않아? 택배 상하차 할 때 딱 그랬어. 트럭에 들어가서 밀려오는 상자를 쌓다 보면 착, 착, 착 리듬이 생기거든. 그럼 죽을 것 같이 힘들다가도 정신이 벌떡 일어나는 거야."

"벌떡 일어난다고?"

"응, 피곤한 것도 잊어버리고 그냥 그 순간 자체가 돼버려. 웃기지?"

처음에는 말도 안 되는 얘기라 넘겼는데 집배원 일에 익숙해지면서 그 리듬이란 것을 이해할 수 있었다. 고객으로부터 걸려오는 항의 전화도 중간에 끼어드는 변칙적인 리듬처럼 느껴졌다.

"떡볶이, 순대, 튀김, 오뎅 국물. 이 순서대로 분식을 먹는 리듬이 있다고 쳐봐. 네가 앞에서 말을 시작하면, 네가 습관처럼 쓰는 단어와 억양이 또 다른 리듬을 만들어. 리듬 위에 리듬, 다시 그 위에 리듬이 겹쳐지는 거야."

"리듬이 있으면 뭐가 좋은데? 능률이 오르는 거?"

"글쎄, 모든 일에 이유가 있을 수는 없어도 리듬이 있다고 믿으면 기분이 좀 낫잖아. 아, 어떻게든 흘러가고 있구나. 아무리 힘들어도 삶이 완전히 끝나진 않는구나, 하고."

리듬과 선과 집배원은 한몸이었다. 집배원이 이동하면 도시에는 보이지 않는 선이 그려지고, 선이 그려짐과 동시에 리듬이 진행되었다. 루디는 그 감각을 상상해보았다. 모든 것이 합일되는 느낌일까? 이 도시가 조금 다르게 보이는 것 같았다.

"리듬이란 건 영원히 계속되는 건가요? "

루디가 묻자 유세라는 잠시 생각에 잠겼다가 말했다.

"리듬을 발견한 뒤로는 최대한 깨트리지 않으려 애썼어요. 한번 리듬이 엉키면 모든 게 엉망이 돼버리니까요. 그러다 위기가 찾아온 적이 있죠. 참 이상한 날이었어요."

여느 때와 같이 연립빌라에 우편물을 배송하고 다시 오토바이를 탔을 때였다.

"어지럼증이 있는지 바로 앞 풍경이 뒤틀려 보이는 거예요. 연못에 돌을 던져 수면이 흔들리는 것처럼요. 이대로는 위험한데. 예감이 좋지 않아 다음 장소만 소화하고 숨을 돌리려 했어요. 집배원은 과로가 일상이라 자기 몸을 속이다 큰일 나는 경우가 많거든요.

조금 달리고 나니 다행히 어지럼증이 가셨어요. 그런데 뭔가 이상한 거예요. 머릿속으로 어떤 생각을 해도 그게 내가 하는 생각 같지가 않았어요. 내 몸이 하는 행동도 남의 행동 같았죠. 내 것이 아닌 심장이 혼자 쿵쿵 뛰고 있었어요.

리듬이 엉킨 것이었죠. 서로 리듬이 어긋난 악기들의 합주에 곡이 방향을 잃고 만 거예요."

왜 갑자기 리듬이 엉켰을까. 분명 무언가 어긋났는데, 무엇인지 딱 집어 말할 수 없었다. 의존해왔던 리듬에서 이탈하자 걷잡을 수 없이 피로가 말려왔다. 어떻게 매일 이런 생활을 해온 거지? 자기 자신이 신기할 정도였다.

그때 이미 배송을 마친 주소의 수령인에게서 전화가 걸려왔다. 수령인은 다른 고객들처럼 항의하며 목소리를 높이지 않았다. 그저 순수하게 떠오른 의문을 해소하고 싶은 것 같았다.

"왜 제 아들이 편지를 보냈습니까?"

이런 어르신들이 종종 있지, 라고 유세라는 생각했다. 어두운 기억에 막막해서 무작정 엉뚱한 사람의 소매를 붙잡고 해결을 바라잖아.

그런데 수령인의 이야기는 달랐다.

"우리 성우는 8년 전에 죽었는데……."

"시간여행을 하신 건가요?"

루디가 유세라에게 물었다.

"그건 아니었어요. 시간여행이라면 과거나 미래로 가야 할 텐데, 제가 있는 세계는 여전히 그대로인 것처럼 보였거든요."

그날 일이 끝나고 유세라는 수령인을 찾아갔다. 나이 든 남자가 문을 열었다.

"나를 속일 생각은 안 하는 게 좋을 겁니다."

겁을 주거나 화를 내는 목소리는 아니었다. 너무 평온해서 오히려 뒤로 몇 걸음 물러나게 하는 말투였다. 표정도 온화하기 그지없었다. 현관에는 다른 가족의 신발들이 놓여 있었고, 집 안에는 모든 물건이 정돈되어 있었다. 테이블에는 빳빳한 꽃무늬 테이블보가 깔려 있었다. 어딘지, 사람 냄새가 나지 않는 집이었다.

인형의 집 같아. 저 노인도 꼭 태엽 감는 인형처럼 말하잖아?

노인은 아들이 서른둘의 젊은 나이에 살해당했다고 했다. 모두가 선망하는 기업에 다니고 있었다고도. 그러더니 얼마나 대단한 기업인지 알려주겠다며 말이 빨라지기 시작했다. 보통 사람은 이력서를 낼 엄두도 못 낸다면서 기업의 위상을 설명하더니 창업가의 학창시절까지 거슬러 올라갔다. 출처를 알 수 없는 통계 수치가 쏟아졌다. 종교인이 경전을 외는 것처럼 거침없었다.

그때 노인의 눈은 허공을 보고 있었다. 누가 그곳에 대본이라도 들고 선 것처럼. 숨이 가쁜지 노인은 소리 내 의자를 끌어 앉았다.

노인은 아들을 질투한 자들이 조직적으로 움직였다고 했다.

"우리 성우는 어린 시절부터 머리가 비상했던 아이입니다. 몸가짐이 바르고 어딜 가든 중심에 있었어요. 시험이든 시합이든 포기하는 법이 없으니 다른 아이들이 따를 수밖에. 난 그 아이를 엄하게 키웠습니다. 젊을 때 마음을 굳게 먹지 않으면 그저 그런 인간으로 살기 마련입니다. 하나뿐인 아들놈이 그렇게 돼서야 쓰겠습니까?

문제는 성우의 주변 녀석들이었습니다. 집에서 바르게 길러놔도 질 나쁜 놈들을 따라 어울리다 보면 인생을 망치는 법이지요.. 껄렁껄렁한 놈들에 휘둘리지 않도록 성우를 다그칠 일이 많았습니다. 난들 그러고 싶어서 그랬겠습니까. 그 덕에 성우는 구렁텅이에 빠지지 않고 좋은 학교를 나와 무탈하게 훌륭한 회사에 들어갔지요. 나도 그제야 마음을 놓을 수 있을까 했습니다.

그런데 그 방심이 문제였는지…… 이 사회가 얼마나 썩어빠졌는지 아십니까? 내로라하는 기업에도 사악한 무리가 버젓이 얼굴을 들고 살고 있습니다.

보통 사람들은 알아보지도 못해요. 감쪽같이 위장하고 있으니까. 동료와 상사의 얼굴을 하고 나타나 자기보다 잘난 구석이 있으면 기억해두었다가 단체로 해코지를 하는 겁니다. 우리 성우는 말입니다. 술을 잘 마시지 못했어요. 내 앞에서도 늘 몇 잔 마시지 못하고 쩔쩔매기 바빴습니다. 그런 아이가 회사에만 가면 진탕 취해서 돌아왔습니다. 내가 다그치는 소리도 듣지 못하고 자빠져 잠들었어요. 그때 말렸어야 했는데……."

노인은 문이 열린 작은 방을 바라봤다. 새하얀 침대 시트가 깔려 있고 벽에는 아들의 옷과 모자가 걸려 있었다.

"경찰과 언론 모두 거짓말을 하고 있습니다. 그 뱀 같은 혀로 나를 완전히 미치광이 취급하더군요! 그놈들이 뭐라고 거짓말을 하는지 아십니까? 성우가 죽기 전 술을 마시고 차로 사람을 치어 죽였다는 겁니다! 어디 감히!"

노인은 흥분해서 테이블을 쾅 치고 손을 부들부들 떨었다. 차분했던 얼굴은 붉게 달아오르고 목에는 핏대가 솟아 있었다.

"내 아들을 살인자로 몰고 간 놈들을 난 절대 용서할 수 없습니다."

"노인의 말을 이해할 수 없었어요."

유세라가 말했다.

"어떤 악당이길래 멀쩡한 사람을 죽여놓고, 그 사람이 하지도 않은 범죄까지 꾸며낼 수 있는 거지? 그것도 평범한 사람을 상대로 말이에요. 엄청난 권력자가 뒤에 있다고 해도, 그렇게까지 할 이유가 없잖아요.

노인은 아들의 방으로 나를 안내했어요. 해외 연구진에게 받은 자료라며 책상 위에 산처럼 쌓인 서류뭉치를 보여주었죠. 그 집에서 유일하게 정돈되지 않은, 사람의 흔적이 있는 공간이었어요. 내용을 알아볼 수 없는 어지러운 필체의 메모가 빼곡했어요.

노인의 말에는 확신이 가득했어요. '해외 명문 대학의 교수들도 나를 도와주겠다고 약속했습니다. 외국에는 이미 사례가 많아요. 선량한 사람을 상대로 조직적으로 움직여서 남의 인생을 완전히 망쳐버리는 겁니다. 사회에서 가장 쓸모없는 놈들이 열심히 노력하지는 못할망정 이런 사악한 짓을 하다니!

정부에서는 내가 교수들과 연락하는 걸 막고 있습니다. 진실이 밝혀질까 봐 두려운 거예요. 지금 이 이야기는 어느 언론에서도 다뤄주지 않고 있지만 나는 꼭 아들의 복수를 할 겁니다. 아들을 죽인 자들이 어디서 웃고 있을 생각을 하면 잠들 수가 없어요. 벌레를 씹는 것 같아 밥을 먹을 수도 없습니다.'"

　노인은 아들이 죽은 뒤 '그 조직'의 괴롭힘에 시달리고 있다고 했다. 하지만 유세라는 노인의 말이 이상하게 느껴졌다. 그날 노인에게 배달한 우편물은 전기요금 고지서와 카드회사에서 보낸 서비스 안내문이 전부였다.

　"악독한 놈들이지요. 사람 목숨 하나를 빼앗은 것으로도 모자라 남겨진 부모까지 조롱하니 말입니다. 이걸 보시죠. 오늘 성우가 8년 만에 나한테 보낸 편지입니다.

　'아버지, 며칠 전 무심코 생각해보니 아버지의 연세가 벌써 쉰여섯이 되었네요. 그동안 우리 가족을……' 아, 나는 도무지 이해할 수 없습니다. 성우가 서른둘일 때 내 나이가 쉰아홉이었습니다. 분명 아들의 글씨가 맞는데, 아비 나이를 헤아리지도 못할 만큼 어디서 무슨 일을 당하고 있다는 말입니까?

이 편지는 카드회사에서 보낸 우편물에 동봉되어 있었습니다. 우스운 일이죠! 성우가 정말 살아 있는 걸까요? 아니면 카드회사 직원이 나를 조롱하는 걸까요? 성우의 필적까지 조작해서 말입니다!

처음 '신호'를 발견한 건 신문을 통해서였어요. 성우가 죽고 나는 한동안 집 밖을 나서지 못했습니다. 며칠 뒤 문 앞에 쌓인 신문을 거둬들였는데, 성우가 죽은 날짜의 신문에서 이걸 발견했습니다."

노인이 펼친 지면은 신문 뒤쪽의 독자 칼럼난이었다. '성우영'이라는 중년 여자의 흑백 사진 옆에 짤막한 글이 실려 있었다. 기성세대가 젊은 세대를 이해해야 한다는 내용에 뜬금없이 자기 자식 자랑을 덧붙인 글이었다.

"이걸 읽을 때만 해도 우연인 줄 알았어요. 그런데 자꾸만 신호가 반복되는 겁니다. 조금 있으니 동네 핸드폰 대리점에서 갑자기 파격적인 가족 할인 요금제를 광고하더군요. 왜 하필 그때였을까요? 그게 다가 아닙니다. 텔레비전에서 흘러나오는 노래의

가사에도, 새로 당선된 국회의원의 공약집에도, 길거리에서 나눠주는 전단지에도 성우의 죽음을 조롱하는 신호들이 숨겨져 있었습니다. 이렇게 반복되는 신호는 '의도'라고밖에 볼 수 없어요…. 정말 잔인한 놈들 아닙니까?"

노인은 유세라에게 물었다. 당신은 누구인가. 아들을 죽여놓고 끝까지 부모를 조롱하는 무리의 동조자인가. 그게 아니라면, 아들이 살아 있다는 말인가? 대체 어디에?

유세라는 속으로 노인은 마음이 아픈 환자라 결론 내렸다. 이야기를 들으면서도 어느 순간부터는 노인을 무시하고 있었다.

안타깝지만 내가 책임질 수 있는 일은 아니야. 저편지도 아마 자기가 썼겠지.

골치 아픈 고객을 만났을 뿐, 자신이 사는 세계에는 아무 일도 발생하지 않았다고 믿었다. 그 당연한 믿음은 유세라를 서둘러 그 집에서 나오게 했다. 대충 말을 얼버무려 노인을 진정시키는데, 노인은 입을 다문 순간 가구처럼 딱딱히 굳은 것 같았다.

그렇게 다시 일상의 리듬으로 돌아오려는데, 남자친구와의 통화에서 문제가 생겼다. 그날 도로에서 느꼈던 이상한 어지러움과 그보다 더 이상한 고객의 사연을 얘기하려던 참이었다.

남자친구는 유세라를 완전히 모르는 사람으로 대했다.

"저기요, 잘못 거신 것 같은데요?"

"장난치지 마. 왜 그런 장난을 쳐."

번호도, 목소리도 같았지만, 남자친구는 유세라라는 사람 자체를 알지 못한다고 말했다.

"너 대체 왜 그래, 왜 그러는 거야, 내가 뭘 잘못했어?"

그 상황을 받아들일 수 없었다. 화도 내보고, 대화 주제를 돌리려고도 했다. 하지만 남자친구는 별이상한 사람을 다 본다는 반응이었다. 평소에도 종종 농담을 했지만, 그렇게 퉁명스럽게는 아니었다. 몇 번 더 전화를 걸어 똑같은 얘기를 꺼내자 아예 번호를 차단당하고 말았다.

어이없는 일이었다. 노인이 늘어놓던 궤변보다도 더.

유세라는 남자친구가 제정신으로 돌아오기를 기다렸지만, 그 뒤로 어떤 연락도 오지 않았다. 분한 마음에 남자친구의 집에 찾아가자 엉뚱한 사람이 문을 열었다. 남자친구가 다니던 직장에도 그의 흔적은 보이지 않았다.

유세라는 엄마에게 전화를 걸었다. 자신이 지금 어디에 있는지, 이 세계가 과연 멀쩡한 세계인지 확인해야 했다.

"수화기 너머로 엄마의 목소리가 들렸어요. 저는 엄마와 공유하는 기억을 물었죠. 어린 시절 집에서 새를 길렀던 것, 계곡을 다녀오다 가벼운 접촉사고를 당했던 것, 수술 때문에 엄마가 입원하셨던 것을요.

엄마는 네가 좋다고 해서 키웠지만 새가 참 징그러웠다고, 몇 년 전 사고는 큰일이 아니라 다행이었다고 기억해냈어요. 하지만 수술을 받은 적은 한 번도 없다고 했죠.

나는 황당해서 그게 대체 무슨 말이냐고, 그때 얼마나 엄마 걱정을 했는데 왜 기억이 나지 않느냐고, 오늘 단체로 나를 속이기로 작당이라도 한 거냐고 화를 냈어요. 하지만 엄마의 반응은 너무나도 태연했어요."

　유세라는 이 말도 안 되는 상황을 바로 잡으려
했다. 그런데 어느 곳에서도 수술 기록을 찾을 수 없
었다. 다른 가족들도 엄마가 수술을 받았다는 사실
을 기억하지 못했다. 다 같이 병원에서 보낸 시간을
생생하게 기억하는 유세라는 이제 자신의 기억도
믿을 수 없게 돼버렸다.

　그 뒤로 유세라는 자신의 세계에 또 무엇이 달라
진 건지 찾아 헤맸다. 연락처에 저장된 사람들에게
일일이 전화를 걸어 기억을 맞춰보고자 했지만, 사
람들의 말은 모호했다.

　"그런 것 같아, 그런 일이 있었나?"

　그렇다고 그들이 달라진 세계의 증거가 되는 것
은 아니었다. 설사 번호만 저장해두고 유세라가 누
군지 기억하지 못한다고 해도 말이다.

　무작정 도시를 걸으며 달라진 흔적을 발견해보려
고도 했지만, 이 도시에서는 모든 것이 빠르게 생겨
나고 사라졌다. 사물이 낡아서 사라지는 게 아니라
사라지기 위해 존재하는 것 같았다. 어느 날 새로
솟아 있는 빌딩을 보더라도, 자주 가던 식당이 한순

간에 사라지더라도 특별한 일이라 할 수 없었다.

그 이상한 어지러움이 문제였던 걸까. 유세라의 핸드폰에는 남자친구와 찍었던 사진이 한 장도 보이지 않았다. 시시콜콜한 얘기까지 끌어와 유세라를 놀리는 친구들도 최근에 남자친구가 있었느냐고 물었다.

아주 비슷하지만, 완전히 다른 세계로 건너온 걸까? 미세한 차이를 제외하자면 정말 감쪽같이 닮은 세계로. 진실을 알아내기 위해 유세라가 한 수많은 노력은 결국 그를 이상한 믿음으로 이끌었다.

"왜 이런 일이 일어난 걸까? 한동안 그 생각에 빠져 있었어요. 그러다 우연히 한 언어학자가 강연하는 영상을 봤어요. 우리가 하는 말은 비슷한 의미라도 상당히 많은 버전으로 만들어질 수 있다는 얘기였어요. 부사 하나를 추가하기만 해도, 단어의 순서를 조금 바꾸기만 해도 다른 문장이 생겨나죠. 일상생활에서 의미의 차이를 느끼기 어렵다고 해도, 그 둘은 분명 다른 문장이에요.

문장의 가능성이 다양하게 존재하듯 우리가 사

는 세계도 무한히 만들어지는 거라면? 하필이면 그 미세한 차이가 내가 가장 사랑하는 사람에게 발생했다면? 공상 같은 얘기지만 갑자기 두려웠어요. 내가 생각하지도 않았던 어떤 현상이 나의 인생을 뒤흔들어놓은 걸까, 하고요."

쑨디라면 사연을 듣고 어떤 말을 했을까, 루디는 생각해보았다. 농담을 던졌을까, 위로를 건넸을까? 유세라의 눈이 위로를 바라고 있지는 않았다. 상처를 받은 사람이라기보단 우주에 난 작은 상처를 통과한 사람 같았다. 인생에서 마주한 현상을 가만히 실험대에 올려놓고 호기심 어린 눈빛으로 들여다보고 있는.

"불꽃처럼 뜨겁진 않아도 수면등처럼 어둠을 견디게 해주던 사람이었어요. 그런데 누가 딸깍, 스위치를 꺼버린 거죠. 처음에는 혼자 맞는 밤이 두려웠는데, 지금은 암순응이 되었나 봐요."

유세라는 이 세계에서도 여전히 집배원으로 일했다. 남자친구를 제외하면 지인들도 그를 이전 세계와 똑같이 대했다. 일의 방식도 달라지지 않았다. 햇빛과 구름에 따라 도시의 색깔은 매일 변화했지만, 그 차이가 어떤 의미인지는 확신할 수 없었다. 매일의 자연스러운 변화인지, 그가 모르게 또 다른 세계가 찾아온 건지 말이다.

세계가 바뀌어도 일은 계속되어야 했다. 일을 해내려면 리듬을 다시 발견해야 했다. 선을 그리고, 선과 리듬이 하나가 되도록 느껴야 했다. 새로운 리듬 역시 영원하지는 않을 테지만, 리듬 밖에서 자신을 버려둘 수는 없었다.

"다시 돌아가야겠다는 생각은 안 해보셨나요?"

"당연히 해봤죠. 어떻게 세계를 이동할 수 있을지 혼자 말도 안 되는 가설도 세워보면서요. 하지만 분명한 건 없었어요. 어쩌면 리듬의 장난일까? 매일 같은 행동을 반복하다 보면 틈이 열리는……. 그런 생각들이 몇 년간 머릿속 캐비닛에 가득했죠. 리듬과 믿음이 연결된 건 아닐까, 쏜디처럼 말장난도 해보고요. 저의 리듬과 아들을 잃은 노인의 믿음이 시인들이 말하듯 공명했다면?"

"별볼 842회가 떠오르네요."

"미신 특집, 맞죠? 현상은 우리가 이해하거나 말

거나 그저 일어난다는 말, 사실 그게 맞을 거예요. 노인과 나는 우연히 만났을 뿐이고, 거기엔 어떤 의미도 없겠죠.

그런데 사실과 미신을 떠나서, 돌아가야겠다는 생각을 이제는 하지 않아요. 우연한 사건이든 아직 밝혀지지 않은 인과에 의한 것이든 간에 이 일이 꼭 나한테만 일어난 현상은 아닌 것 같았거든요.

내가 의식하지 못하는 사이, 지금 이 순간에도 세계 사이의 틈이 생겨났다 사라지고 있다면? 이곳에서 사라졌다고 믿은 것이 저곳에서는 존재할 수도 있겠죠. 그 반대도 마찬가지고요. 어쩌면 저 자신도 의식하지 못한 채 이미 여러 번의 이동을 경험했는지도 몰라요. 그저 잠시 아프거나 졸음이 쏟아졌다고 넘어갔을 수 있죠.

조금 다른 가정을 해볼까요? 저는 남자친구와 2년을 사귀었어요. 그 2년 동안 우리는 온전히 하나의 우리였을까요? 단일한 상대를 사랑한 걸까요? 온 우주에 비슷한 외모와 비슷한 기억을 지닌 존재들이 살고 있다면, 그동안 각자 수없이 다른 존재로 교체되었을지 몰라요. 아주 미세한 차이를 가진 인형

58

들로요. 이 세계에도 저와 아주 비슷한 누군가가 집배원으로 일하고 있었을 수 있죠."

"그 가설이 옳다면, 처음 만났을 때의 유세라 씨와 지금의 유세라 씨는 다른 사람일 수도 있겠네요. 저도 마찬가지고요."

"맞아요, 확장하자면 끝이 없는 이야기죠."

유세라는 웃으며 말을 이었다.

"끝이 없어서 쓸쓸한 이야기고요."

쉼표를 찍은 문장과 그렇지 않은 문장. 둘 사이에는 미세한 차이가 있다. 주의를 기울이지 않으면, 모든 것이 그대로라고 믿으며 살아갈 수 있을까?

"어쩌면 난 매일 미스터리 서클을 그리고 있는지도 몰라요. 그게 뭔지도 모르면서."

유세라가 말했다.

3

전해지는 이야기

　루디는 무작정 길을 걷기 시작했다. 대낮에도 조명을 켠 방들이 가득한 도시는 셀 수 없이 많은 눈을 가진 거인 같았다. 콘크리트 칸막이를 사이에 두고 어떤 방은 신을 모셨고, 어떤 방은 술을 팔았다. 방이 마땅히 없는 사람들은 거리로 나왔다. 돗자리를 펴고 물건을 늘어놓았다. 초점을 잃은 눈으로 전단을 들이밀었다. 루디는 우연히 '임대'라는 플래카드가 붙은 텅 빈 가게를 보았다. 이야기가 빠져나간 도시의 빈자리는 공허했다.

　어느 가게에 들어가 사연을 청해야 할까 헤매던

루디의 눈에, 작은 수족관 하나가 눈에 띄었다.

수족관 안에는 기이한 괴물이 몸을 구불거리고 있었다. 괴물의 촉수는 마치 물결처럼 움직였다. 비좁은 수족관에서도 자신이 얼마나 힘이 좋은지 과시하고 있었다. 루디는 수족관 가까이 다가갔다.

"안녕?"

괴물이 말했다.

"반가워, 반가워."

이번에는 또 다른 목소리였다.

"안녕."

"안늉."

"안냥."

다른 목소리들이 연이어 들렸다.

수족관 위에는 '경수네 민물장어 숯불구이'라는 가게 이름이 조명 덕에 빛나고 있었다.

"안녕, 너희 이름이 경수니?"

"아니, 경수는 우리의 적이야. 잔혹한 살육자지."

처음 인사를 건넨 촉수, 아니 민물장어가 말했다.

"내 이름은 태요야."

"뭘 그렇게 놀라니. 장어 처음 봐?"

다른 장어가 루디를 놀렸다.

"사실은 처음이야. 이 도시에서는 처음인 게 너무 많거든."

"먼 데서 왔나 보네."

"어쩌다 보니. 난 헤베 행성에서 왔어. 너희는?"

"우리는 이 지역 토박이야. 몇천 년 전부터 여기 근처 하천에서 살았어. 지금처럼 시끌벅적하지 않던 시절이었지."

민물장어들이 하도 저마다 입을 열다 보니 루디는 말을 건 것을 살짝 후회했다

"우린 여기 있을 몸이 아니야. 옛날 옛적에 우리가 얼마나 대단했는지 알아?"

"그만둬, 그래 봤자 무슨 소용이야."

"수족관을 깨부수자! 이대로 가면 먹히기밖에 더해?"

"화가 난다, 화가 나."

"우리가 뭘 할 수 있겠어."

"담배꽁초 예쁘다. 비닐봉지 귀엽다."

"사실 너희들한테 재밌는 사연이 있나 물어보러 왔어. 난 디제이가 돼야 해서 사연이 필요하거든."

장어들은 잠시 침묵하더니 다시 입을 열고 떠들기 시작했다.

　"그만! 그렇게 굴면 내가 녹음을 할 수가 없잖아. 너희는 몇천 년 동안이나 살았으면 얼마나 이야깃거리가 많겠어? 그중 재밌는 거 하나 풀어주면 온 은하의 청취자들이 기억해주는 스타가 될지도 몰라."

　그러자 장어들은 도리어 시무룩해졌다.

　"뭐야, 왜 그래?"

　"우린 몇천 년 동안 되게 심심하게 살았거든."

　태요가 말했다.

　"끔찍했지. 예쁜 비단잉어로 태어났으면 좋았을 텐데!"

　다른 장어가 훌쩍였다.

　"다 너 때문이야. 네가 자꾸 중얼거리니까."

　"뭐라고? 너 말 다 했어?"

　"시끄러워. 빨리 저 빵 닮은 여자애한테 이야기를 해주자고."

　"왜? 쟤가 뭔데?"

　"우리한테 말도 걸어줬잖아. 얼마나 친절해? 경수랑은 차원이 달라."

"아까 디제이라 그랬잖아."

"디제이는 또 뭔데?"

"멍청아, 디제이도 모르냐? 디제이는 말이야……."

"자기도 모르면서."

"이야기를 들으면 배가 부른 사람이겠지. 우릴 먹고 싶다고 안 그랬잖아."

"미안, 우리가 말이 좀 많지? 조금 있으면 죽을지도 몰라서 그래. 몇천 년을 살아도 죽는 건 무섭거든. 죽고 난 후는 상관없는데 딱 칼이 떨어지는 걸 생각하면 몸이 떨린다니까."

태요가 말했다.

"네가 하는 라디오에는, 우리 같은 존재가 나가도 되는 거니?"

"그럼! 별볼은 은하계 모든 존재에게 열려 있어. 게다가 너희는 몇천 년이나 살았잖아? 그 정도면 최고의 게스트지."

"글쎄, 오래는 살았는데 주인공으로 살지는 못했거든. 그래도 괜찮다면."

장어들은 치열한 내부 토론, 아니 잡담을 통해 사연을 정했다.

"결론이 겨우 그거야?"

"그럼 네가 해보시든지."

태요는 다른 장어들을 조용히 시키고 이야기를 시작했다.

"우리는 원래 하나의 존재였어.

아주 오래전 일이야. 우리는 하천에 사는 천 년 묵은 이무기였어. 여의주를 먹고 용이 되어 하늘로 올라가고 싶었지만, 아무리 찾아봐도 여의주는 보이지 않았어. 마을에 들어가 소심하게 겁을 주기도 했지. 울타리를 부수고 변소를 망가뜨렸어. 그런데 마을 사람들은 여의주는커녕, 맛도 없는 음식이나 내놓고 절이나 하며 물러가라고 비는 거야.

시간이 흐를수록 실망감만 커졌지. 나이도 먹을 만큼 먹었는데 언제까지 기다려야 하는 거야? 안 그래도 생각이 많았거든. 우리 장어들은 그때 이무기의 내면이 조각조각 나서 다시 태어난 거야. 야, 내가 말하잖아. 조용히 하라고!"

"싫어, 왜 너만 말해."

"내가 얘기할래. 나 심심해."

"봐봐, 생각이 많으니까 제대로 되는 일이 없었지. 한번은 이무기를 무찌르겠다며 갑옷을 입은 선비들이 찾아왔어. 나무 뒤에 숨어서 활을 쏴대는데 너무 아픈 거야. 좀 그러다 말겠지 싶었는데 잘 만든 화살인지 유독 따가웠어. 그래서 고함을 빽 질렀지.

'이것들아 그만 좀 해! 내가 덩치가 크다고 안 아픈 줄 아니?'

그러자 재빠른 선비들은 줄행랑을 치고 체구가 작은 선비 하나만 남았어. 깜짝 놀라서 말에서 떨어졌는지, 발목을 붙잡고 처량하게도 울더라고.

'미안해. 일부러 그런 건 아니야.'

'너 완전 어이없다. 그럼 화살이 제멋대로 나가기라도 했단 말이야?'

'그게 아니라. 사실 내가 왕자거든.'

왕자는 자기가 왕자라는 게 쑥스럽다는 듯 수줍게 말했어.

알고 보니 당시 궁궐에서는 누구에게 왕위를 물려줄 것인가를 놓고 높은 분들 사이 신경전이 한창이었던 거야.

성격이 불같기로 유명한 왕은 자신과 성격이 비

숫한 둘째 아들이 마음에 들었지. 첫째 아들, 그러니까 우리 앞에서 쪼그리고 앉아 우는 왕자는 너무 유약해서 꼴 보기가 싫었어. 피부도 허여멀건한 데다 목소리도 작고 얇아서 듣고 있으면 답답해 뭐라도 집어 던져야 성질이 풀렸지.

첫째 왕자는 사실 왕이 되고 싶지 않았어. 스님이 되거나 공부를 계속하고 싶었지. 물론 그런 생각은 왕실에선 쉽게 얘기할 수 없었어. 첫째 왕자를 왕으로 밀어야 이득을 보는 자들이 주변에 가득했거든. 그들은 왕이 둘째 왕자를 아끼는 티를 낼 때마다 부글부글 끓었어.

그들은 속뜻을 완곡하게 돌려 첫째 왕자에게 말했지. 쉽게 풀자면 아마도 이런 거였어.

'왕자님, 목소리가 왜 그러세요? 좀 사내답게 굴 수 없나요? 어깨 좀 쫙 펴고 다니세요. 말은 왜 그렇게 못 타세요?'

거기다 대고 첫째 왕자가 이렇게 대꾸할 수는 없는 거 아니겠어?

'미안해요, 그런데 꼭 그렇게 살아야 하나요?'

그들에겐 명분이 필요했어. 첫째 왕자가 용맹하게

우리 이무기와 맞서 싸웠다는 소문을 온 나라에 퍼뜨리려 했지. 그래서 무예가 뛰어난 선비들을 붙여 우리에게 보낸 거야. 정작 화살은 그들이 쏘고 왕자는 나무 뒤에서 떨고만 있다가 도망도 제대로 못 쳤지만 말이야.

우리 안의 목소리들이 아우성쳤어.

'불쌍한데, 우리가 도와줄 수 없을까?'

'도와주기는 무슨. 먼저 공격했으니까 이참에 화끈하게 본때를 보여줘야지.'

'어쩐지 너무 아프더라. 비싼 화살이 좋긴 하네.'

'그냥 피해. 솔직히 저렇게 징징거리는 애들 싫어.'

그러다 실리에 밝은 목소리의 제안대로 결론이 났지.

'여의주를 가져오면 사라져줄게. 사람들은 우리가 너의 용맹함에 놀라 물러난 줄 알 거야.'

왕자는 여의주를 가진 사람을 수소문했어. 그때나 지금이나 높은 분들이 예쁜 것도 많이 가지고 있었지. 누가 어떤 물건을 가지고 있다는 소문은 많았지만, 그중 어느 것이 여의주인지 인간은 알기가 힘들었어. 왕자는 명망 높은 스님에게 찾아가 물었지.

스님은 왕자의 소심한 모습에도 미간을 찡그리지 않았어.

'이곳을 찾아가십시오.'

왕자는 스님이 짚어준 집의 주인 이름을 듣고 놀랐어. 그 대감은 둘째 왕자의 왕위 승계를 가장 앞장서서 주장하고 있었거든. 그에게 찾아가서 어떤 말을 해야 할까, 그랬다가 괜히 해코지를 당할 빌미만 주는 건 아닐까?

며칠 밤을 잠도 제대로 자지 못했어. 이 상황을 어떻게 타개할지 머리를 싸매도 부족할 텐데, 왕자는 자꾸만 내면으로 침잠했지.

'대감에게 가서 무슨 말을 할지 모르겠고, 외롭기만 하구나! 이렇게 감상적으로 구는 건 현명하지 않아. 그걸 알면서도 나는 왜 이런단 말인가!'

마음이 흐르는 걸 바라만 보다가 왕자는 드디어 결심했어. 왕자다운 그럴듯한 모습을 연기하는 데는 자신이 없었고, 대신 망가져보기로 했지.

왕자는 대감 앞에 가서 구슬을 갖고 싶다고 청했어. 무슨 얘기를 하려나 표정 관리를 하던 대감은, 역시는 역시라는 듯 왕자를 한심하게 쳐다봤지. 둘째 왕자를 왕으로 민 것 역시 철저히 정치적 이득을 위해서였지만, 어차피 이런 철부지는 왕이 되어선 안 된다고 그 자리에서 확신했어.

왕자는 바로 대감의 생각을 알아챘지. 어린 날을 늘 권력가들 틈에서 눈치만 보며 살아왔으니, 그런 쪽으로는 머리가 빠르게 돌아갔어. 왕자는 대감이 더 나쁜 생각을 먹기 전에 말을 꺼냈어.

'구슬을 주시면, 아무도 찾지 못할 곳으로 가 돌아오지 않으려 합니다.'

대감은 뻔히 보이는 속마음을 감추려 애썼지.

'그게 무슨 말씀이신지요.'

'보석이 너무 갖고 싶습니다. 아시지 않습니까. 제가 무슨 왕을 하겠어요. 지혜도 용기도 동생보다 한없이 모자란걸요. 예쁜 구슬이나 가지고 놀면서 한가롭게 살다 죽고 싶습니다.'

왕자는 사람들이 생각하는 자신의 모습을 정확히 알고 있었어. 그 모습이 실제보다 과장되어 있다는 것도. 그 모습과 조금이라도 비슷한 언행을 보이면 사람들은 '거봐, 역시 저렇다니까'라며 생각을 중지하고 의기양양한 법이었지.

'왕자님 뜻은 잘 알겠습니다. 대신 약속이 지켜지지 않으면 저도 왕자님을 지켜드리긴 어려울 겁니다.'

지켜준다고, 누가 누구를? 왕자는 속으로 기가 찼지만, 내색하지 않고 끝까지 유약한 몸짓을 보이며 종종걸음으로 나왔지.

그렇게 여의주가 우리에게 왔어. 얼마나 오래 기다렸던지! 눈에는 눈물이, 입에는 침이 고이더라니까.

'여의주는 고맙지만, 그런 약속을 해놓고 어쩔 참이지? 군사라도 일으킬 건가?'

'아니, 대감을 만나면서 확실히 깨달았어. 어디로 갈지 모르겠지만, 이제 저들과 섞이고 싶지 않다는 걸. 어차피 사라질 명분이 필요했을 뿐이야. 용맹하다는 소문 따위 필요 없어. 구슬을 갖고 싶다고 울먹였다는 소문이면 차라리 좋겠네.'

왕자는 말을 타고 떠났어.

'괜찮을까, 저렇게 보내도?'

'뭐 어때, 어차피 우리 일도 아니야.'

우리는 마음의 준비를 하고 드디어 여의주를 입에 물었어. 입가에서 사방으로 퍼지는 빛이 축축한 하천에만 물들여진 몸을 감쌌지. 빛이 강렬해질수록 온

몸이 뜨거워지고 호흡이 가빠왔어. 이무기였던 시절, 우리는 그날이 오면 각자 기가 막힌 탄성을 지르자고 얘기해두었지. 세상 누구도 쉽게 겪을 수 없을 순간일 테니까.

그런데 그 순간, 한 목소리가 말했어.

'야, 이게 뭐야.'

다른 목소리들은 그 말에 잠잠했지. 또 누가 말했어.

'지금 우리, 좋은 거 맞지?'

'용이 되고 있잖아, 당연히 좋지.'

'근데 왜 이래?'

'조용히 해. 좋다고 생각하면 좋아질 거야.'

기대가 너무 컸던 걸까? 몸이 하늘에 붕 떠올라 뱀 허물이 벗겨지는데, 너무 당황스러웠어. 다시 이무기로 돌아가면 안 되나? 뿔이 솟아나고 수염이 자라나고 황금 비늘이 돋아나는데, 이래도 되는 건가, 싶더라고.

'이건 너무 애매한 기분이잖아.'

그토록 바랐던 모습인데 예쁘지도 않고, 괴상했어. 세상에 이런 동물도 있나?

여의주의 맛은 또 어땠는지. 그냥 맹숭맹숭해서 건강에 좋은 맛이더라고. 또 먹고 싶은 맛은 아니었어. 다들 이거 하나 먹으려고 천 년씩 기다리는 거야? 이런 배부른 소리 하면 용이 못 되는 건가?

구름이 걷히고 하늘에 구멍이 열리며 소나기처럼 빛이 쏟아지는데 온갖 잡생각이 다 나더라고. 구불거리며 하늘을 나는데 머릿속 한구석에 찜찜하게 남아 있던 왕자가 떠올랐어.

걔는 어디 있을까, 잘 도망치고 있을까?

하늘에서 내려다보며 두리번거리는데 저 아래 달리는 말 한 마리가 보이는 거야. 수십 명의 병사가 그 뒤를 쫓고 있었지. 그들이 결국 첫째 왕자를 믿지 못한 거야.

'내버려둬. 이제 우리는 용이야. 인간들의 일은 신경 쓸 바가 아니야.'

'하늘로 올라가면 모든 게 해결될 거야. 영원한 낙원이 기다리고 있어!'

'하지만 신경 쓰이는 걸 어떡해.'

'마음에 휘둘리지 마.'

'그게 마음을 속이는 거라면?'

'아, 배고파.'

'내려가서 뭐 좀 먹을까?'

'거짓말.'

우리는 인간들의 세상으로 내려갔어. 가까이서 보니 첫째 왕자는 안장에 제대로 타지도 못하고 있었지. 중심을 잃고 말의 옆구리에 매달려 눈물과 콧물로 얼굴은 엉망이었어. 우느라고 앞을 똑바로 볼수나 있었을까. 용이 내려온 줄도 몰랐을 거야.

우리는 뒤쫓아오는 무리를 향해, 있는 힘껏 소리를 질렀어.

겁에 질린 말들이 고꾸라지며 병사들이 진창에 굴러떨어졌어. 콧바람 한 번에 폭풍이 불 듯 나무가 휘청거리고 강물이 넘실거렸지.

'가서 대감에게 전해라, 다시는 왕자 곁에 얼씬도 하지 말라고!'

참 닳고 닳은 대사였어. 용이 등장하는 떠도는 이야기 아무거나 펼쳐도 나올 거야. 아무튼, 대사를 뱉고 나니까 후, 한숨이 나오더라고. 원래 우리 말투는 이게 아닌데. 용이 원래 이런 건가.

대사를 외운 덕에 그럴듯한 용으로 보였겠지만

앞으로의 일을 생각하니 막막했어. 황금 비늘로 뒤덮인 모습을 어떻게 감당하지, 겁이 났거든.

이무기 시절에는 온갖 전설을 꿰고 있는 이야기꾼들과 친하게 지냈어. 사실 우리 기준에서야 친한 거지 그들은 오금이 저렸겠지. 우리는 당연히 용이 나오는 이야기를 좋아했어. 얼마나 위엄 있고 신비로운지, 또 얼마나 사납고 흉포한지 듣다 보면 하루라도 빨리 용이 되고 싶었지. 그때는 몰랐어. 용도 혼란스럽고 실수를 할까 봐 조마조마할 수 있다는 걸 말이야. 어떤 이야기꾼도 용의 마음을 자세히 알려주지 않았거든.

알고 보니 이야기꾼들은 용의 마음에 관심이 없었어. 용은 주인공도 아니고 인간도 아니니까. 그저 적당한 때에 등장해 전형적인 모습을 보여주고 빠지면 그만인 존재였지.

정신을 차린 왕자에게 우리는 말했어.

'어서 올라타. 아무래도 우린 여기 있을 운명이 아니야. 구름 위의 낙원으로 가자.'

하늘에 열린 구멍이 점점 작아지고 있었어. 우리는 왕자를 태우자마자 빛을 향해 솟구쳐올랐지. 무서운 걸 꾹 참고 있는지, 너무 많이 울어서 힘이 다 빠졌는지 왕자는 말이 없었어."

용과 왕자는 빛의 장막을 통과했다. 장막 너머의 세계는 모든 것이 근사했지만, 동시에 흐릿했다. 감히 바라볼 수 없는 웅장한 규모의 궁전조차도 뚜렷한 경계가 없이 일렁였다. 꽃과 나무도 뿌리가 없이 안개처럼 떠다녔다. 모든 존재가 잠시 머물다 가는 정거장에서, 용과 왕자는 불안했다. 시간이 흘러가는 것조차 구름의 장난처럼 느껴졌다.

"이건 내가 아는 이야기랑 다르잖아. 구름 위에는 영원불멸의 낙원이 있다고 들었는데, 다 거짓말이었어."

"누가 그랬는데?"

왕자가 물었다.

"이야기꾼들."

"그 사람들이 뭘 알겠어. 여기 와보지도 않았을 거 아니야."

"그래서 둘러대느라 말이 그렇게들 많았나."

그곳에서 용과 왕자는 많은 대화를 나눴다. 대화

의 주제는 늘 같았다. 각자 자신이 어떤 결핍을 지니고 있고, 그 결핍을 지닌 자신은 얼마나 못난 존재인가. 둘 다 자신을 내세우려고 하지 않았기에 각자의 불행을 털어놓을 수 있었다.

왕자는 용의 이야기를 들어주면서도, 여전히 용이 아름답다고 생각했다. 어느 날 왕자는 말했다.

"날 잡아 먹어줘."

"무슨 소리야?"

"너한테 잡아먹히면 나도 아름다워질 것 같아."

용은 왕자의 말을 저주했다. 아름답다는 말은 다른 용들에게나 어울린다고 생각했다.

그럼에도 용은 왕자가 멋대로 지껄이게 두었다. 늘 불안에 시달리는 왕자의 모습을 곁에서 보는 게 좋았다. 왕자는 도둑이 든 집처럼 모든 기억의 수납함을 열어 지나간 일을 끄집어낸 뒤 괴로워했다. 자기가 만든 투명 감옥에 갇힌 왕자는 사랑스러웠다. 시무룩한 모습에서 느껴지는 묘한 위안이 있었다. 왕자가 씩씩한 표정을 짓는다면, 용은 왕자를 더는 가까이 두지 않을 것이었다.

그렇게 시간은 흘러 용과 왕자가 각자의 차원으

로 건너가야 할 때가 왔다. 둘은 다시 만나자는 흔한 약속도 하지 않았다. 반복되는 불평을 들어주다 보니 서로에게 지쳐버린 것이었다. 왕자는 자신의 내면에 끊임없이 골몰했지만, 용이 보기에 그 내면의 깊이란 사냥감을 잡으려 파놓은 구덩이에 지나지 않았다. 관계에 시들해진 건 왕자 역시 마찬가지였다. 용의 결핍이 별것 아닌 것으로 느껴질 때마다, 자신의 결핍도 예전만큼 신성해 보이지 않았다. 이제는 마음이 꼬인 구석 없이 정돈된 존재를 만나고 싶어졌다.

그러나 각자 건너간 차원의 이야기에서, 그들은 여전히 같은 문제를 맞닥뜨렸다. 이야기는 그들에게 전형적인 자리를 요구했다. 용은 악역을 맡았다. 영웅에게 적당히 문턱을 낮춰주어 자신을 이길 수 있게 도와주는 게 용의 기능이었다. 또 다른 세계에선, 신성하고 고귀한 정신을 연기하며 꼭 필요한 순간에 주인공 앞에 나타나 보물이 숨겨진 동굴을 알려주었다.

왕자 역시 왕자다운 말투와 행동에 익숙해져야 했다. 지상을 떠나면 온전히 그 자신으로 살 수 있는 세계가 있지 않을까 기대했지만, 우주의 많은 이야기는 위험한 시도를 하길 원하지 않았다. 왕자의 성격을 배려해주다가 이야기의 법칙이 무너져내린다면, 왕자도 그 책임을 떠안을 자신이 없었다.

그러던 어느 순간, 용은 또 다른 이야기의 차원으로 넘어가다 머릿속이 사방으로 쪼개지는 듯한 고통을 느꼈다. 용 노릇을 똑바로 못해서 신이 노하신 걸까? 눈앞에 오색 불꽃이 나타났다 사라지길 반복했다.

정신을 차리고 보니 어느 좁은 수족관이었다. 용의 존재는 수십 마리의 민물장어로 나뉘어 있었다.

"어때, 참 별 볼 일 없는 이야기지?"

태요가 말했다.

"우리가 살았던 몇천 년의 시간 중 그래도 가장 빛났던 시절이 그때일 거야. 그 시절조차 우리는 충분히 할 일을 해내지 못했어. 모든 게 어렵고 생각만 많았지. 그래 봤자 흔하게 떠도는 이야기 속 용의 배역일 뿐이었는데, 적당히 용에게 기대되는 조건들만 갖추면 아무 문제 없을 텐데, 그게 버거웠어. 지금 그때로 돌아간다 해도 용다운 용이 되었을까? 여전히 자신은 없네.”

"아니야, 충분히 별 볼 일 있어. 이 이야기로 용을 처음 접한 청취자들이 더 많을 테니까. 그들이 보면 너희가 이상하게 보이지 않을 거야.”

이 탁한 도시의 하늘에 용이 날아다녔다니, 루디로서는 상상이 잘 가지 않았다.

"이곳에선 모든 게 너무 빨리 변해. 사라지고 나면 이야기만 남는다고 하는데, 이야기조차 오래 살아남는다는 보장도 없지. 우리가 불판 위에서 우습게 구워지고 나면, 아마 이 이야기는 사라질 거야. 그러니 네가 기억해줘. 라디오에 흔적을 남겨줘. 농담으로 써도 좋아. 먹을거리로만 기억되는 건 조금 섭섭하잖아?”

4

도시의 지워진 역사

조금씩 빗방울이 떨어지기 시작했다. 무시하고 걸으려 했지만 빗줄기가 점점 굵어지는 탓에 루디는 가까운 지붕을 찾아 두리번거렸다. 저 앞에 파라솔을 펴둔 편의점이 있었다. 일단은 그 밑에서 잠시 쉬어가기로 했다.

파라솔 밑 테이블에는 두 중년 남자가 맥주캔을 가운데 놓고 심각한 얘기를 나누고 있었다. 모자를 눌러쓴 왼쪽 남자는 술에 취했는지 상대를 보고 '어이 김재만이!'라고 소리쳤다. 얼굴이 검붉은 오른쪽 남자는 상대를 '최 사장'이라 불렀다.

김재만이라고 불린 남자는 할 얘기가 많아 보였다. 몸에서 나는 술 냄새는 고약했지만, 루디가 지구에 와서 본 사람 중 가장 지식이 많아 보였다. 김재만은 상대편과 얼굴을 붉히며 삿대질을 주고받다가도 금세 기분이 풀어져 미소를 보였다. 역시 진정한 지성은 토론 중에 싸워도 끝나고 뒤끝을 남기지는 않는 법일까?

두 남자는 담배를 피우며 테이블에 신나게 담뱃재를 털었다. 침을 뱉고 캔을 엎지르고 목청을 높여 웃었다. 권력자들은 그런 식으로 힘을 과시하는 법이라, 루디는 그들의 정체가 궁금해졌다. 자기도 모르게 귀를 쫑긋 세우고 이야기를 듣고 있었다.

대화 주제는 대체로 비슷했다. 정치인과 정당에 대한 신랄한 평가, 국제정세와 안보 위기, 그리고 역사적 인물들의 흥망성쇠와 그 시절의 경험담까지.

어쩌면 이 행성의 고위직 출신 인물을 만난 건지도 몰랐다. 루디가 계속 서 있자 김재만은 경계심이 들었는지 옆을 슬쩍슬쩍 보았다.

"계속하세요. 저 신경 쓰지 말고."

루디가 말했다.

© LEE SU JUNG

"학생은 우산이 없어서 그러고 있나?"

"그것도 그런데 실은 아저씨들 얘기가 재밌어 보여서요."

"허허, 것 참."

"학생은 어디 학교 소속인가?"

최 사장이 물었다.

"모르실 텐데, 네르텔 최고 인문대학이요."

"네르 뭐?"

"거기 들어봤지. 외국에 있는 아주 유명한 대학 아니야."

"역시 김 사장이 아는 것도 많네."

그들의 얘기는 꼬부라진 혀처럼 옆길로 샜다. 그러더니 서로 별말도 안 했는데 또 테이블을 쾅쾅 치며 역정을 냈다.

"아저씨들!"

루디가 부르자 아저씨들이 싸움을 멈췄다.

"둘이서만 그러지 말고, 제 라디오나 나오실래요? 저 디제이를 할 거거든요."

"디, 뭐라고?"

"김 사장, 디제이래 디제이. 아주 가는 귀가 먹었

구면."

"디제이면, 음악 트는 디제이?"

"아저씨들, 옛날에 높은 데서 일하셨나요?"

루디가 바로 묻자 두 남자의 얼굴이 순간 굳었다.

"아니, 학생 그건 또 어떻게 알았어?"

"그냥 그래 보였어요. 아니면 어떻게 그런 이상한 얘기를 다 알고 있겠어요?"

"허허, 역시 사람이 외국물을 먹어야지. 우리 둘째 아들도 지금 말이야……."

"아저씨, 그 얘기는 아까 세 번이나 했어요! 라디오에선 그러면 안 된다고요."

술이 더 들어간 김재만과 최 사장은 그날만 특별히 꽁꽁 싸매두었던 이야기를 들려주겠다고 했다. 어디 가서 얘기하고 다니면 큰일 난다고 신신당부를 했는데, 라디오 얘기는 끝내 이해를 못 한 것 같았다.

"어디서부터 이야기를 시작하면 되려나."

루디는 또 딴 길로 새려는 아저씨들 얼굴에 찬물이라도 끼얹고 싶었지만, 괜히 고위직 인물을 건드렸다 행성 간 분쟁이 생겨서는 안 되니 참았다.

"일을 마치고 집에 가던 길이었지. 가로등 불빛도

흐릿해서 어둑어둑한 길이었는데, 웬 키 큰 사내자식들이 우르르 몰려와서는 나보고 '각하' 이러는 거야. 그래서 내가, 아니 자네들은 누구고 왜 나보고 각하라 부르느냐, 내가 무슨 대통령이냐 그랬더니, 저희에게 대통령은 오직 각하뿐이십니다. 이러더군. 젊은 놈들이 단체로 주정이라도 하나 싶었지. 보니까 다들 검은 양복에다가 선글라스까지 꼈대. 그러고는 '타십쇼.' 이러는데 뒤에 보니까 검은 캐딜락이 멋들어지게 대기하고 있어. 이야 언제적 캐딜락인데 지금 봐도 멋있구나, 내심 겁을 먹었지."

김재만은 자동차에 탄 뒤 정신을 잃었는데, 깨어나 보니 한 지하 라이브클럽의 입구였다. 역시 양복을 입은 남자들이 그를 안내했다. 계단을 내려가자 나이 든 남자들과 군인들이 자리에 앉지도 않고 그를 기다리고 있었다. 중간에는 익숙한 얼굴, 최 사장이 있었다.

"최 사장, 이게 다 무슨 일이야?"

"각하, 이제 결단하실 차례입니다."

최 사장은 김재만이 잊고 있던 진실을 알려주었다.

맨홀주의 세력이 도시를 기습했다. 그들은 자유

정권을 탈취하고 지도자 김재만을 포로로 삼았다. 김재만은 맨홀당 아지트의 지하 실험실에 갇혀 잔혹한 고문을 당했다. 도시에서 사라진 줄 알았던 맨홀 주의자들이 지하에서 몰래 기억을 지우는 기술을 개발하고 있었던 것이다.

그들은 눈엣가시였던 김재만의 기억을 지우는 데는 성공했지만, 감히 김재만의 지도력과 통찰력은 건드리지 못했다. 그의 최측근인 최 사장을 중심으로 뭉친 자유 세력은 어금니를 물고 다시 김재만을 추대할 날만을 고대해왔다. 혁명을 일으키고 도시를 바로 세우기 위해서, 자유 세력은 느리지만 치밀하게 준비해왔다. 보안 유지를 위해 김재만 본인에게도 숨긴 일이었다.

"그리고 오늘이 바로 결단의 날입니다."

깡소주로 단련된 김재만이었지만 진실 앞에서는 어떤 독한 술보다도 강한 전율을 느꼈다.

"무도한 자들에 의해 시민의 삶이 도탄에 빠졌으니 제가 어찌 보고만 있겠습니까. 고맙습니다. 이제라도 도시의 자유를 지키기 위해 이 한몸을 바쳐 여러분과 싸우겠습니다."

기억제거술도 지우지 못한, 찬란한 자유의 시절에 무의식에 박힌 말이 그대로 흘러나왔다. 남자들은 김재만의 이름을 연호하며 만세를 불렀다. 그것이 혁명의 시작이었다. 그날 김재만은 라이브클럽에 있던 맥주 양주 소주를 부하들과 모두 마셨다. 가히 혁명적인 음주였다.

　　"다음 날 일어나니 정오가 다 되어 있더군. 최 사장이 보고하길, 밤새 치열한 전투를 벌인 끝에 이른 아침에 맨홀주의 세력을 처단했다는 거야. 놈들은 두더지처럼 맨홀 밑에서는 재빠르지만, 지상에서는 힘을 못 썼거든. 보고를 듣고 바로 최 사장을 총리직에 임명했지."

　　"놀랍네요. 그렇게 빠르게 정권을 뒤집다니. 맨홀주의자라는 사람들도 별거 없었나 보네요."

　　"맨홀주의는 사이비 사상이야. 맨홀 밑에 음침하게 숨어서 자유 질서를 전복하려는 놈들이지. 그러니 신의 심판을 받지 않고 어떻게 배기겠나? 게다가 우리 자유 혁명 세력은 반드시 이 김재만이가 하자, 라고 하는 것에 대해서는 토씨 하나 안 달고 이행하기 때문에, 정신무장부터가 달랐지."

"뭔가 이상하다 했지만, 진짜 대통령을 하신 줄은
몰랐어요."

루디가 말했다.

"옛날에는 지나다니는 사람 아무나 붙잡아도 다
알았어. 도시가 잘살게 된 게 누구 덕분인지. 이 김재
만이가 얼마나 도시를 위해 헌신을 했는지 말이야."

돌아온 김재만의 집권기는 1년 가까이 계속되었다.
그때는 젊은이가 늙은이를 공경하고, 서민들이 배불
리 먹고, 가정과 세계에 화목이 흘러넘쳤다고 한다.

"국회의원 그 사람 알지? 이름이 기억이 안 나네.
내 밑에서 장관 하던 양반이야. 요즘 텔레비전 많이
나오는 교수는 일머리가 없어서 내가 잘랐어. 그래도
기회를 주셔서 감사했다고 얼마나 머리를 조아리던지."

도시의 역사는 자세히는 몰라도 그가 존경받는
지도자였다는 건 짐작할 수 있었다.

"그런데요, 원래 여기 사람들은 옛날 대통령을 봐
도 별로 안 신기해하나 보죠?"

"그게 우리 시대의 비극이야."

김재만이 말했다.

"모두가 기억을 제거당했어. 그런 강력한 기술을

어떻게 놈들 힘만으로 개발했겠나. 다 이긴 싸움을 외계인들 때문에 망쳤지."

"외계인이요?"

루디는 속으로 뜨끔했지만, 그가 외계인을 싫어하는 게 눈에 보여 모르는 척했다. 혹시 검은 양복들이 다가오는 건 아닐까, 주위를 둘러봤지만 아무도 없었다.

"우리가 방심했어. 맨홀주의자를 무찌르는 데만 집중해서 더 큰 악의 세력을 보지 못했지. 살아남은 놈들이 도시 곳곳에 숨어 있던 외계인들에게 찾아간 거야. 비겁한 놈들, 같은 행성까지 배신하고 그런 짓거리를 벌여!"

흥분한 김재만의 혀가 점점 더 꼬이면서 말을 알아들을 수가 없었다.

"언론에 나오지 않아서 그렇지, 알 만한 사람은 다 알고 있다고. 맨홀주의자들은 숙주야. 외계인들이 머리지."

최 사장은 김재만을 진정시키려다 다시 그와 시비가 붙었다.

"그만 좀 하세요, 아저씨들!"

하지만 전직 대통령과 총리는 이미 너무 많은 술을 마신 상태였다. 소나기가 멎은 지도 한참이라 루디는 자리를 슬쩍 빠져나왔다.

김재만과의 인터뷰는 거기서 단념하고 다른 사연을 찾던 중이었다. 근처 오피스텔 주차장에 간이 경비실 하나가 눈에 띄었다. CCTV 모니터가 있는 작은 책상과 바퀴 달린 의자만으로도 꽉 차는 공간이었다. 책상 위에 올려진 작은 라디오는 지구의 한 종교 채널에 맞춰져 있었다. 그 채널의 디제이는 종교에 상당히 심취한 사람 같았는데, 잠을 잘 자면 죽어서 좋은 곳에 간다는 게 핵심 교리인 모양이었다. 목소리만으로 청취자를 수면의 세계로 안내하는, 내용과 형식이 완벽히 일치하는 실력 있는 디제이였다.

그 방송의 청취자이자 오피스텔의 경비원인 정윤식은 김재만과는 오며 가며 아는 사이였다.

"김 사장은 내가 또 잘 알지. 허구연한 날 요 앞 편의점에 앉아 있지 않아?"

루디가 김재만이 해준 이야기를 들려주자 그는

고개를 끄덕였다.

"이백 퍼센트 사실이야. 나는 늘 사실만 믿거든. 거짓은 보면 바로 알 수 있어. 눈만 봐도 티가 나."

막 정권을 되찾은 무렵이었다. 김재만은 총리가 된 최 사장과 함께 정윤식을 찾아왔다. 정윤식은 순찰도 돌고 분리수거도 챙기고 틈틈이 경전 공부도 하느라 바빠서 세상이 바뀐 줄도 모르고 있었다.

김재만이 자신도 몰랐던 과거를 이야기해주자 정윤식은 큰 충격을 받았다.

"과연 평범한 술꾼은 아니다 싶었지. 평소에 흐트러져 있을 때도 군자다운 면모가 있긴 했어. 그런데 그런 비밀이 있을 줄이야, 역시 나 같은 범인이 뭘 알았겠나."

정윤식은 은퇴 전만 해도 내로라하는 대기업에 다녔다. 직장 시절 얘기를 해주면 김재만의 눈이 반짝거렸다. 그 눈을 보면 정윤식도 괜히 어깨가 으쓱해서 별것 아닌 일에도 의미를 붙여 말했다. 선생 같은 분들 덕에 우리 도시에 산업이 이렇게나 잘 되었다고 김재만은 정윤식을 치켜세워주곤 했다. 게다가 신앙심도 깊고 점잖으니 신뢰가 두터웠다.

"정 선생님이 여기서 이러고 있을 때가 아닙니다. 우리를 도와서 큰일을 한번 해봅시다."

김재만은 정윤식의 사양에도 그를 외교부 장관에 임명했다.

"회사 다닐 적에 외국 업체랑 계약 경험도 많고 출장도 자주 다니고 했으니 못할 게 뭐 있나 싶었지. 우리 나이쯤 되면 말이야, 세상 돌아가는 게 훤히 보인다고."

정윤식은 이 도시에 경전 말씀이 가득하도록 열심히 일했다고 했다. 모든 일을 경전 말씀에 따라 진행하면 다른 나라와의 관계도 안 좋을 수가 없다고, 그렇게 울타리를 넘어 널리 사랑을 전하는 게 외교 아니겠냐고 그는 말했다.

"김 사장은 훌륭한 지도자였어. 도시 곳곳에서 사회를 어지럽히던 맨홀주의자들이 자취를 감췄지. 그런데 그놈들이 여간 비겁한 세력 아닌가. 외계의 악당들하고 손을 잡고 기습을 감행한 거야. 이리 따라와보게."

정윤식은 붉은 주차관리봉을 들고 루디를 안내했다. 오피스텔 뒤 먹자골목으로 가는 인도에 맨홀이 하나 있었다.

"비행접시가 착륙한 곳이 여기야. 딱 이 뚜껑만 했지."

루디는 그렇게 작은 비행선은 본 적이 없었지만, 은하계엔 너무나 다양한 크기의 종족이 살고 있어 쉽게 판단할 수는 없었다. 괜히 아는 척을 했다가 오해를 사고 싶지도 않았다. 지구인들은 지구 밖에 있는 종족이라면 모두 외계인이라고 뭉뚱그리는 경향이 있었다. 특히 욕을 퍼부을 때는 더.

"그 작은 비행접시에서 요만한, 허리 위를 조금 넘는 외계인이 나왔네. 유치원생만 한 게 당돌하더군. 순찰을 시작하자마자 그런 걸 봤으니 내가 얼마나 놀랐겠나."

"잠시만요, 아저씨, 장관이 됐다고 하지 않았어요?"

"맞아, 그렇지."

"장관도 순찰을 돌아요?"

정윤식은 잠깐 침묵을 지키더니, 혼자 구시렁거리다가 태연하게 이야기로 돌아왔다.

"그놈이 그랬어. '어이, 외교부 장관, 대통령 불러와. 우리가 할 말이 있다고.'

아주 건방지지 않은가. 그래서 내가 말했지.

'보니까 어린놈인 것 같은데 지구에 왔으면 지구 법도를 따라야 하지 않겠나. 생긴 것도 껄렁껄렁해서 말이야. 너구리처럼 생겨가지고.'

그러자 놈이 기분이 상했는지 손에 이상한 걸 쥐고 으르렁거리더군. 전자담배 같기도 하고. 조금 있으니까 거기서 팽, 소리가 나며 휘황찬란한 붉은 빛줄기가 나오는 거야. 나한테 무기가 뭐 있겠나. 이거 하나 들고 싸운 거지."

정윤식은 날아오는 외계인의 광선검을 주차관리봉으로 막았다. 싸구려 제품인 줄 알았는데 생각보다 튼튼했다.

외계인은 날렵하고 영악했다. 광선검과 부딪칠 때마다 정윤식은 힘에 부쳤다. 외계인은 높이 뛰어올라 내리치고, 좌우로 이리저리 시선을 분산시키며 공격했다. 혈기왕성한 어린놈답게 정윤식이 말로 잘 타이르려 해도 듣지 않았다.

"이봐, 진정하라고. 이 노인네 하나 이겨 먹어서 뭐 어디다 자랑하겠나?"

안 그래도 숨이 차는데 계속 폴짝폴짝 뛰니 더

열이 뻗쳤다.

"자네 고향이 어디야, 응? 멀리서 온 것 같은데 얌전히 있어야 손님 대접을 받지."

그러다 문제가 일어났다. 혼자서 마구 광선검을 휘두르던 외계인이 자기 발에 걸려 뒤로 자빠진 것이다. 하필이면 그날은 쓰레기 수거일이었다. 잔뜩 쌓여 있던 종량제 봉투가 광선에 갈라지며 쓰레기가 주차장에 나뒹굴었다. 주민들이 몰래 숨겨 버린 음식물까지 튀어나와 아수라장이 되었다. 광선에 닿은 봉투에는 불이 붙기 시작했다.

"자네 지금 뭘 하는 건가! 이러면 쓰레기를 안 가져간단 말이야!"

정윤식은 분노했다. 종교방송에서 화가 날 때는 먼 풍경을 보고 심호흡을 하라고, 억울할 때는 더 큰 사랑으로 용서하라고 했지만, 지금은 그럴 여유가 없었다. 나이가 들어 유해진 거지 정윤식은 군대에 있을 때 간부보다 무서운 선임 병사로 유명했다. 평소에는 점잖은데 한번 수틀리면 몽둥이가 부러질 때까지 팼다.

그 시절의 감각이 오른 손바닥에 되살아났다. 광

선검을 놓친 채 자빠진 외계인이 그를 올려다보았다. 정윤식은 축축해서 기분 나쁜 외계인의 팔뚝을 움켜쥐었다. 그러곤 주차관리봉을 높이 들어 엉덩이를 흠씬 패주었다. 외계인의 체구 때문에 아들놈의 어릴 적이 떠오르기도 했다. 요즘에는 연락도 잘 없는 아이였다.

분이 풀릴 때까지 매질을 하자, 외계인은 몸을 들썩이며 훌쩍였다.

"사내놈이 까불다 울기는. 뚝 그쳐!"

사실 사내인지 아닌지는 확실하지 않았지만, 그렇게 복잡한 생각은 해본 적도 없었다. 외계인은 정윤식의 지시에 따라 새 종량제 봉투에 다시 쓰레기를 주워 담았다.

곧 소식을 듣고 달려온 김재만의 캐딜락이 경비실 앞에 도착했다. 군인들이 외계인을 체포했다. 김재만은 정윤식을 얼싸안고 격려했다.

"역시 정 선생이야. 내가 이래서 정 선생만 믿어."

그러고는 포승줄에 묶인 외계인의 머리에 총구를 들이밀었다.

"외계인답게 생긴 것도 구질구질 하구만. 가서 아

는 거 모르는 거 다 불 때까지 타이르도록 해."

"예, 각하."

군인들이 외계인을 끌고 가려 할 때였다.

"각하, 여기 외계인의 무기가 있습니다."

참모 하나가 말했다.

"한 손에 잡으시면 광선이 나올 겁니다."

정윤식이 거들자 기대감에 부푼 김재만은 머뭇거리다가 무기를 잡았다. 하지만 아무 일도 일어나지 않았다.

"저거 이리 데려와봐."

외계인의 손에 손잡이를 대자 과연 광선이 뿜어져 나왔다.

"굉장하군. 이거 어쩌나, 저놈 손모가지를 자르면 되려나?"

외계인은 여전히 훌쩍였다. 참모와 군인들은 대답을 망설였다.

"일단 저놈의 손에 쥐여주고 바로 잘라버리면 어떻습니까?"

한 용감한 군인이 제안했다. 김재만은 당장 그 광선검을 휘두르고 싶었으므로 그렇게 하게 했다.

광선검을 받자, 훌쩍이던 외계인은 언제 그랬냐는 듯 하늘 높이 뛰어올랐다. 그러고는 현란한 검술을 선보이며 자리에 있던 모든 이들에게 진한 공허함을 선사했다.

"공허함이라고요?"

루디가 묻자 정윤식은 고개를 끄덕였다.

"모두 광선검에 목을 베이고 몸통을 관통당했는데 다친 사람은 아무도 없었어. 그 대신 참을 수 없는 공허가 마음에서 핏물처럼 흘러넘치기 시작했지."

정윤식은 한숨을 쉬었다.

"그때가 참 좋았어. 우리에겐 힘이 있었고 누구도 우리를 함부로 하지 못했지. 중요한 일이 늘 우리를 기다리고 있었고. 마셔도 마셔도 술은 모자랐어.

세월이란 게 이리도 허망해서, 적들은 여전히 건재한데 우리는 너무 늙어버린 거야."

곧 도시의 모든 맨홀 위에 비행접시가 착륙했다. 기다리고 있던 맨홀주의자들이 외계인들을 보필했다. 그들이 다시 도시를 장악하는 동안, 김재만과 정권의 핵심 인물들은 동네 뒷산으로 가 굴을 파고 숨었다. 기억이 제거된 시민들은 대통령의 얼굴을 기억하지 못했다. 국회의원과 장관들도 기억을 잃고 본업으로 돌아갔다. 도시의 황금기를 이끈 자유 세력은 뿔뿔이 흩어졌다.

이후 도시의 권력은 주기적으로 교체되었지만, 그들은 모두 맨홀주의자들의 조종을 받는 얼치기들이었다. 조종을 받으면서도 그걸 의식하지 못할 정도로, 맨홀주의 세력은 보이지 않는 곳에서 도시를 철저히 지배했다. 얼치기들은 기억이 지워진 것도 모르고 김재만과 자유 세력을 기록한 문서를 헛소리로 치부했다. 문서파쇄기에 도시의 가장 중요한 역사가 갈려 나가는 데도 누구 하나 막는 사람이 없었다.

외교부 장관 정윤식은 경비원으로 남았다. 언제까지 이 일을 할 수 있을지 모르지만, 안식에 드는 날에는 홀가분하게 지상을 떠나고 싶었다. 아무도 그들의 역사를 기억하지 못한다고 해도, 사실을 사실이 아니라 할 수는 없다고 그는 믿었다.

루디는 사연을 다 듣고 다시 편의점에 가보았다. 위대한 권력의 역사는 시민들의 기억에서 사라졌지만, 권력자의 습관은 여전한 법이었다. 그들이 떠난

자리에는 담배꽁초와 쓰러진 맥주캔이 남아 있었다.

곧 키가 크고 시무룩한 얼굴을 한 알바생이 편의점에서 나왔다. 알바생은 한숨을 쉬며 테이블을 치우다 중얼거렸다.

"지랄들을 하고 있네."

5

도시의 숨겨진 공간

'루디야, 너도 지구에 있어?'

네르텔에서 같은 수업을 들었던 친구의 메시지였다.

'맞아, 나 지구. 여기 있는 거 어떻게 알았어?'

루디는 거짓말을 하려다 괜한 짓을 하는 것 같아 관뒀다. 반가우면서도 조금 귀찮은 친구였다. 나쁜 아이는 아니지만, 자주 보면 피곤한 타입이랄까.

'어떻게 알긴, 네 프로필에 뻔히 뜨는걸? 혹시 알면 안 되는 거였어?'

그제야 친구들에게만 위치 정보가 보이게 설정했던 게 떠올랐다. 사실 그건 아주 친한 친구들에게만 보이도록 하려던 거라, 애매한 친구가 그 목록에 들어가 있었다니 머쓱했다. 도대체 난 왜 이러고 다니는 거야, 자신을 마구 저주하고 싶어졌다. 그래도 엄마가 못 봤으니 다행인가? 친구가 섭섭해서 징징거리지 않도록 상황을 둘러대자, 역시나 수다스러운 반응이 돌아왔다.

'혹시 숙소 안 구했으면 여기 호텔로 올래? 내가 말했나, 나 혼자 자는 거 무서워한다고. 참, 너는 지구에 뭐하러 왔어? 난 별볼 디제이 지원해볼 생각이거든. 혹시 너도?'

어쨌든 돈도 부족하고 비행선도 불에 타버렸는데 잘된 일이었다. 귀는 좀 피곤하겠지만 말이다. 루디는 안 그래도 네 생각이 났다며, 별볼에 아직 많이 소개되지 않은 지구를 선택한 게 역시 너답다고, '영디'라는 디제이 별명도 잘 어울린다고. 있는 말 없는 말을 지어냈다.

'곧 거기로 갈게.'

루디는 늘 누군가에게 상처를 주고 싶었다. 자신에게 못되게 굴지 않은 사람에게도 그랬다. 그러면서도 기회가 오면 망설였다. 함부로 말해버리면 그

104

만인데, 말하고 나면 그 미움이 얼마나 보잘것없는지 알게 될까 봐 두려웠다.

날은 어둑어둑해졌고 영디가 있는 호텔까지 가려면 거리가 꽤 되었다. 사연을 듣느라 지친 루디는 택시에 탔다. 택시기사는 속마음을 알 수 없는 표정에 말수가 적은 남자였다. 저런 사람에게도 다 그만의 사연이 있겠지, 루디는 생각했다.

'기사님, 라디오 좀 틀어주실래요?'

택시기사는 말없이 라디오 채널을 맞췄다. 한 여자 디제이와 게스트가 요즘 잠들지 못하는 것에 관해 얘기하고 있었다. 잠이 오지 않을 때 어떤 방법을 취하는지, 그 방법이 효과가 없을 때 자신이 얼마나 우스워지는지에 대해.

새벽에는 무성한 숲처럼 보이던 불안이, 아침이면 발목에도 닿지 않는 수풀임을 알게 된다고, 게스트가 말했다. 대화는 조명과 침구류에 대한 생각으로 이어졌다. 이불의 촉감을 표현하려다 말문이 막힌 양쪽에서 웃음이 터졌다.

저런 유리그릇 같은 목소리를 가졌어도 불면증을 겪을 수 있는 걸까? 어쩌면 고도의 연기를 하는 건

지도 몰라. 디제이의 목소리는 게스트의 얘기를 안정적으로 받치면서도 함부로 그의 빛과 모양을 가리지 않았다.

"라디오가 듣기 괜찮은가요?"

대화가 멈추고 신청곡이 시작되자 택시기사가 거친 목소리로 물었다.

"지금 시간대랑 잘 어울리는데요."

"설디라는 디제이인데, 진행이 썩 괜찮죠?"

"처음 듣는데 자꾸 듣고 싶은 목소리에요. 가수인가요?"

택시기사는 잠깐 생각했다가 말했다.

"원래 설디는 배웁니다. 그 있잖아요, 드라마에서 투톱 주인공은 아니지만, 비중은 꽤 있는. 드라마를 잘 안 보지만 여기서 종종 그 얘기를 해서 내용을 얼추 알아요."

"운전하면서 자주 들으시나 봐요."

"그럼요, 그래서 라디오를 좋아하는 손님이 타면 좋죠. 디제이의 말과 음악이 번갈아 나오면 리듬이 느껴지거든요. 그 리듬이 이렇게 교통 상황과 연결되는 순간이 있는데, 그게 참 묘합니다. 설명하기는 좀 복잡하지만요. 아무튼 라디오가 취향에 맞았다니 기분이 좋습니다. 사실은 제가 이 방송이랑 연이 좀 있기도 하고요."

"사연이라도 보내셨나요?"

"그것보다 기억에 남을 일이 있었죠."

택시기사는 언제 무뚝뚝했는지, 말을 늘어놓다가 흥이 난 듯했다. 택시는 신호등 앞에 멈춰 섰다가 다시 출발했다. 라디오에서는 저녁에 듣기 좋은 노래가 흘러나오고 있었다.

"저도 운전 꽤나 한 사람이지만, 그날은 참 특이했습니다."

택시기사가 이야기를 시작했다.

그날 저녁에도 라디오를 틀어달라는 손님이 있었다. 기사는 평소처럼 설디가 나오는 채널을 틀었다. 라디오를 챙겨 듣지 않더라도 그 방송을 싫어하는 손님은 거의 없었다. 뒷좌석의 손님은 한참 말없이 창밖을 보다가 말했다.

"기사님, 이거 방송 재밌으세요?"

"아, 별로면 다른 채널 틀어드릴까요?"

"아니에요."

손님이 웃었다.

"그냥 궁금해서요."

"엄청 시끄럽지도 않고 너무 음악만 틀지도 않고 그래서 좋지요."

택시기사는 그렇게 말한 뒤, 뭔가 이상하다는 것을 느꼈다. 손님의 목소리를 어디서 많이 들어본 것 같았다. 문득 디제이의 목소리가 생생하게 귀에 들어왔다.

"그나저나 손님 목소리가 여기 디제이랑 아주 비슷하십니다."

"그런 얘기 많이 듣긴 해요."

"하하, 저만 그렇게 느낀 게 아니군요."

"왜냐면 제 목소리니까요."

택시기사는 짧게 놀라는 소리를 냈고, 손님은 그의 반응에 다시 웃었다. 그는 팬이라고, 라디오를 항상 잘 듣고 있다고 반가움을 표했다. 어둠 속에서 설디는 어깨를 으쓱했다.

"가만히 있으려다가 일부러 티 좀 내봤어요. 제 목소리 계속 듣고 있으니까 어색해서."

"말씀 안 하시고 가셨으면 억울할 뻔했습니다."

설디는 스케줄이 없는 날이라 도시를 이곳저곳 걷다가 돌아오는 길이었다. 아는 사람은 많지만, 휴일에 같이 보내자고 연락하기는 망설여진다고, 둘이서 나눈 얘기가 나중에 기사로 나와 당황한 적이 많았다고 설디는 말했다.

목적지에 거의 도착했을 무렵이었다. 어떤 징조도 없이 그 일은 일어났다. 택시가 노란 불빛을 받으며 지하차도로 내려갔는데, 갑자기 저 앞에 환한 햇빛이 나타난 것이었다.

"이게 뭐죠?"

변해버린 창밖의 풍경에 놀란 설디가 물었다. 택시기사는 뭐라 대답할 수가 없었다. 지하차도를 올라오니 갑자기 어둠이 가시고 대낮이었다.

택시기사는 일단 침착하게 도로변에 차를 댔다. 그는 대뜸 택시에 탄 연예인에서부터 모든 게 꿈이 아닐까 의심했다. 내가 지금 침대에 누워 있는 걸까, 살면서 졸음운전은 해본 적도 없는데?

원래 지하차도를 나와 좀 더 달려 아파트 단지를 보고 꺾어지면 구청과 대형 상가가 나와야 했다. 그런데 그곳의 풍경은 조잡하게 만든 놀이공원 같았다. 롤러코스터 한 대가 아파트 꼭대기 층으로 천천히 올라가고 있었다. 그러다 딩동, 소리와 함께 열차에서 사람들이 내리더니, 바로 아파트 창문을 열고 들어갔다. 열차는 다시 느린 속도로 이동했다.

도로에는 차가 한 대도 없었다. 사람들은 머리띠를 하고 퍼레이드를 할 때나 입을 법한 반짝이 옷을 입고 돌아다녔다. 가로등에선 동화 같은 음악이 흘러나왔다.

"무슨 시위라도 하는 걸까요?"

설디가 말했다.

"아무리 시위라고 해도, 아까 저녁 아니었나요? 내가 마음에 병이 있었나."

둘은 일단 차에서 나왔다.

"저기요!"

택시기사는 도로를 걷고 있는 사람들에게 소리쳤다. 그들은 버섯 모양의 모자를 쓰고 알록달록한 원피스를 입고 있었다. 세워진 차를 보자 그들은 놀란 듯 입을 감싸 쥐더니 대꾸를 하지 않고 갈 길을 가버렸다.

"설마 우리 죽은 걸까요? 지하차도가 무너졌다든지."

설디는 구름과 구름 사이에 쳐진 거미줄을 보며
말했다.

"천국이 이런 모습이면 참 어이없긴 하겠네요."

평범한 도시와 놀이공원이 묘하게 섞인 풍경이었
다. 사차선 도로 한복판에서 회전목마가 돌아가고
있었다.

그때 도로 저 멀리에서 사이렌 소리가 들렸다. 평
소 듣던 사이렌보다 느려 힘이 빠지는 소리였다. 경
찰차도 타지 않은, 모자에 사이렌 벨을 단 두 경찰
이 도로를 걸어오고 있었다. 경찰들은 앞뒤로 팔을
열심히 휘저으며 상당히 빠르게 걸었다. 그들 역시
흰색과 검은색이 섞인 옷을 입어 어린이 체험용 목
장을 홍보하는 캐릭터 같았다.

"여기에요, 여기!"

설디가 그들에게 손짓했다. 겨우 도착한 두 경찰
은 숨을 몰아쉬며 연신 물을 들이켰다. 체격은 좋지
만 둘 다 살이 쭉 빠져 있었다. 설디를 봐도 누군지
모르는지 놀라지 않았다.

"선생님들. 이게, 다, 무슨 일이에요?"

젊은 남자 경찰이 헉헉거리며 말했다.

"그건 제가 할 말이긴 한데."

택시기사는 못 미더운 눈으로 그를 봤다.

"지하차도를 올라왔더니 갑자기 낮이 되어 있었어요. 차는 하나도 보이지 않고요."

설디가 말했다.

나이 든 여자 경찰은 동료와 눈빛을 마주치고는 의아해했다.

"무슨 말씀인지 모르겠는데요. 어쨌든 저 차는 불법소유로 압수될 예정이고요, 선생님들은 저희 따라서 조사 좀 받으셔야겠습니다."

"잠깐만요, 불법이라니. 택시기사가 택시 모는 게 잘못입니까?"

택시기사란 말에 두 경찰이 동시에 웃음을 터뜨렸다. 당황한 기사가 항의하자 젊은 경찰이 그에게 주의를 줬다.

"선생님, 어디 산에서 약초 캐다 오셨는지는 모르겠는데. 말씀이 너무 빠르세요. 공무집행 중에 속도위반 하시면 가중처벌 될 수 있습니다."

택시기사와 설디는 수갑을 찬 채로 그들을 따라 경찰서까지 걸어가 유치장에 갇혔다.

"제발, 말 좀 빠르게 하지 마시라니까요?"

경찰들은 경찰서에서도 난감하다는 듯 기사에게
계속 경고했다.

"나 원 참. 댁들 같으면 이런 상황에 그렇게 조곤
조곤 말하고 있겠어요? 그리고 이분은 우리 도시 제일
잘 나가는 배우인데 여기서 이런 취급을 받다니!"

설디는 민망해서 기사의 팔을 잡고 말렸다.

"저 그 정도는 아니에요."

경찰들은 기사의 말에 흘끔흘끔 유치장을 쳐다
보고는 고개를 갸우뚱했다. 설디는 매니저와 가족
에게 전화를 걸어봤지만, 통화가 불가능한 구역이라
는 알림만 계속되었다.

"알고 보니 그곳은 도시의 틈새에 난, 일종의 창
작공간이었습니다."

택시기사가 말했다.

"공장 건물에 들어선 공방이나 반지하의 음악작
업실처럼 말이죠. 이 도시에는 우리가 의식하지 못
하는 공간들이 곳곳에 숨어 있고 그곳에서 창작자
들이 자기 세계를 만들어가고 있잖아요. 우리는 지

하차도 밑으로 내려갔다고 생각했지만, 우연히도 한 창작공간의 문을 열어버린 겁니다."

이상한 택시를 타고 온 두 사람의 신원은 창작공간의 주인 박유림에게까지 보고되었다. 박유림은 공간을 발견한 최초의 인물이자, 그곳 모든 존재의 창조주였다.

박유림 역시 두 사람처럼 우연히 공간을 발견했다.

퇴근하고 버스 정류장에서 내린 어느 날이었다. 이 시간대면 늘 같은 표정으로 같은 버스에서 내리는 사람들과 한 방향으로 걸어오고 있는데, 문득 마음이 답답해졌다. 빨리 집에 돌아가서 씻고 누워 있고 싶은 생각이 간절했지만, 동시에 그렇게 쉬어도 내일과 내일모레를 버틸 수 없을 것 같은 압박감이 들었다.

기분전환이라도 하려 걸음을 돌려 집의 반대 방향으로 걸어보기로 했다. 박유림은 자기가 왜 이렇게 살고 있는지, 이렇게 살지 않으려면 어떤 행동을 해야 하는지 생각해봤지만, 그건 땀 흘리기 위해 하는 운동 같은 거였다. 생각을 배출하기 위해 하는 생각이지, 대단한 결론이 나온 적은 여태껏 없었다.

온갖 감정에 빠져 걷다 보니 사거리 앞에서 피로가 몰려왔다. 다시 집으로 돌아가는데 이상한 풍경이 눈에 들어왔다. 불 꺼진 건물과 건물 사이 좁은 공간 너머에 푸른 하늘이 보이는 것이었다.

다른 사람들은 틈새에는 관심도 없이 갈 길을 가고 있었다. 그냥 지나칠 수 없었던 박유림은 그 사이로 들어가 보기로 했다. 체구가 작은 덕에 몸을 옆으로 하면 어렵지 않게 건물 사이로 걸어갈 수 있었다. 바닥에는 환풍기와 거칠게 자란 풀, 비닐봉지와 캔 몇 개가 나뒹굴고 있었다. 먼지가 올라오는 것 같아 한 손으로 코를 막았다.

그 좁고 환한 하늘이 가까워지자, 박유림의 얼굴에 바람이 밀려왔다. 뒤를 돌아보면 여전히 깜깜했다. 내가 지금 뭘 보고 있는 걸까. 박유림은 그렇게 건물 사이를 걸어 끝에 도달했다.

그곳엔 익숙한 도시가 있었다. 때가 탄 보도블록과 도로 가에 주차된 차들과 어지러운 간판들이 걸린, 박유림이 태어나고 자란 도시가 맞았다.

하지만 정확히 어느 동네인지 알 수 없었다. 도시에서 한 번쯤 본 개성 없는 풍경이지만, 동시에 한 번도 가본 적 없는 동네였다.

다시 뒤를 돌아보니, 건물의 사이는 존재하지 않았다. 두 건물은 하나의 건물로 합쳐져 있었다.

매일 퇴사하게 해달라고 빌었더니 하느님이 인생에서 퇴사시켜줬나 봐.

박유림은 햇빛을 받으면서 거리를 걸었다. 혹시 통장에 20억도 같이 꽂아주셨나 확인해보려니 핸드폰은 먹통이었다. 거리에는 사람도 차도 없었다. 흔한 비둘기 한 마리 보이지 않았다.

무슨 좀비 영화 같잖아? 꿈 한번 희한하네.

그렇게 생각하자 가로수 뒤에서 슬그머니 좀비가 나타났다.

박유림은 비명을 질렀다. 지평선 너머 도로에서 좀비 떼가 스멀스멀 몰려오고 있었다.

좀비 싫어, 좀비는 보고 싶지도 않아.

그러자 한순간에 좀비 떼가 증발해버렸다. 박유림은 놀라서 텅 빈 도로에 웅크리고 앉았다.

집에 갈래. 이런 거 다 싫어.

눈을 깜박이자, 박유림은 불 꺼진 건물 앞에 돌아와 있었다. 여전히 밤이었고 건물 사이로 보이던 푸른 하늘도 사라졌다. 겨우 숨을 돌리고 집에 돌아왔는데, 그게 끝이 아니었다.

다음 날, 회사에서 마음을 갈퀴로 긁힌 것처럼 아픈 일이 있었다. 화장실에 들어가 울분을 누르고 나오니 거울이 있던 자리에 공원이 있었다. 박유림은 세면대를 밟고 올라가 공원에 들어섰다. 공원 주위로 높은 빌딩들이 들어서 있고, 연못에 손가락을 넣어 보니 차가웠다. 역시 뒤를 돌아보니 화장실은 보이지도 않고 나무 한 그루만 떡하니 있었다.

말도 안 돼. 정말로. 내가 신이야? 여기 고양이가 있으라 하면 고양이가 있게.

있으라, 있으라, 있으라, 세 번 생각하니, 야옹, 야옹, 야옹, 세 마리가 생겨났다.

그곳에 더 있다간 기절할 지경이었다. 박유림은 역시 같은 방법으로 다시 화장실에 돌아왔다. 사무실은 고요했다. 이 흥분을 누가 이해할 수 있을까?

창작공간은 언제 어디서든 박유림의 곁에 열려 있었다. 커피를 꺼내려 비품함 문을 열어도 있고, 복사기 뚜껑을 열어도 있었다. 집에 돌아오면 가스레인지 밑 풀옵션 세탁기 안이나 전신거울에도 나타났다.

118

공간에 익숙해진 박유림은 본격적으로 그곳에 들어가 상상을 즐기기 시작했다. 열대어와 사람, 꽃과 새를 만들었다. 핸드폰 배경화면을 설정하듯 하늘의 색도 기분에 따라 바꿨다. 놀이공원의 기구들도 배치해두었다. 가고 싶은데 같이 갈 사람이 없어서 그곳에라도 만들어본 것이었다. 사람들에게 귀여운 옷도 만들어서 입히니 한층 분위기가 살았다.

마음만 먹으면 현실과 아예 다른 세계를 만드는 것도 가능했지만, 박유림은 굳이 그러고 싶지 않았다. 인터넷에서 본 완벽한 인테리어를 따라 하려 애쓰다 포기한 뒤로는, 그런 환상에 흥미를 잃었다. 대신 이것저것 생각나는 것들로 공간을 채우기로 했다. 구립 도서관에서는 아기 공룡이 책을 보다가 재채기를 했고, 동사무소 앞에서는 발레단이 매일 공연을 열었다. 공원에서는 늘 직장동료들의 처형식이 열렸다. 부장님의 머리로 저글링을 하는 어릿광대를 보며 레서판다들이 손뼉을 쳤다.

그렇게 예쁜 것만 보면 정신을 못 차리는 쇼핑 중독자처럼 세계를 꾸미고 나니, 도시가 너무 정신없어 보였다. 박유림은 자신의 왕국을 정리하기 위한

119

규칙을 정하기로 했다. 마침 회사에서 왜 이리 행동이 느려 터졌냐는 면박을 받은 날이었다.

박유림은 꼼꼼하다는 평가를 받고 싶었다. 하지만 꼼꼼하게 일을 하려 해도 늘 작은 실수가 있었다. 결국에 남는 건 속도도 느리고 꼼꼼하지도 못하다는 평판이었다. 자꾸만 실수가 따라오니 긴장해서 무슨 말을 들어도 머뭇거리게 됐다. 그러면 왜 말을 들어놓고 행동으로 옮기지 않느냐는 핀잔을 들었다.

스무 걸음에 한 번씩 한숨을 푹푹 내쉬며 창작공간에 돌아온 박유림은 학교 운동장을 해변으로 만들고 파라솔 아래 누웠다.

"조용히 있어!"

사방팔방으로 뛰어다니는 아이들에게 소리를 지르자 아이들은 얌전해졌다. 아파트만 한 해마가 박유림을 보더니 고개를 갸우뚱했다.

"오늘 기분 안 좋은 일 있으세요?"

그사이 종이비행기를 탄 사막여우들이 눈치 없이 환호성을 지르며 하늘을 지나갔다. 박유림은 확성기를 들고 모두에게 말했다.

"안 되겠다. 다들 내 말 잘 들어. 우리 왕국은 이

제부터 엄격한 속도제한을 할 거야. 누구도 빠르게 뛰어선 안 돼. 빠르게 말도 하지 마. 이를 어기면 큰 벌을 받게 될 거야."

버섯 모자를 쓴 사람들이 찾아와 질문을 던졌다.

"주인님, 그럼 자동차는요?"

"안 돼. 교통체증이라면 지긋지긋하거든."

"저희는 아이돌인데 빠른 노래도 안 되나요?"

"잔잔한 노래에 맞춰서 안무를 짜봐."

박유림의 명령은 창작공간 전체로 퍼져나갔다. 관리 직원들은 주인의 명을 받들어 세부적인 규칙을 만들어나갔다. 일단 빠른 운송수단은 모두 압수되었다. 빠름의 기준은 주인의 취향과 심리에 따라 유동적으로 바뀌었으나, 기본적으로 자전거도 너무 빠르다는 게 통상의 기준이었다.

창작공간에 들어선 기업들은 주인의 눈치에 맞추어 너무 효율적인 일 처리를 지양하기로 했다. 누가 봐도 빠릿빠릿한 직원들은 사장실에 불려가 주의를 받았다.

"자네, 일을 더 비효율적으로 할 수 없나? 이번에 올린 문서에 실수가 하나도 없던데, 지금 나랑 장난

하자는 건가?"

학교에서는 수학 문제를 빨리 푼 학생들이 교실에 남아 반성문을 썼다.

"다시 써와. 반성문도 빨리 쓰는 걸 보니 기본이 안 됐구나?"

학생들은 표준언어속도에 맞게 천천히 말하는 법을 연습했다. 뒷골목에서 랩을 하던 불량 학생들이 징계를 받기도 했다. 패스트푸드점에서는 직원과 손님들이 단체로 연행되었고, 3분 카레를 유통하던 식품회사는 압수수색을 당했다.

이제야 마음이 좀 편하네, 박유림은 만족스러웠다.

택시기사와 설디는 창작공간의 주인 앞에 끌려갔다. 박유림은 한눈에 설디가 배우 설인영이라는 걸 알아보았다. 그들이 어떻게 여기까지 들어왔는지는 몰라도, 이렇게 보내기에는 아까웠다. 박유림은 신하들을 시켜 이렇게 말했다.

"죄인들은 들어라! 너희는 우리 왕국의 가장 중한 죄를 지어 목숨을 내놓아도 시원치 않다. 하지만 우리 주인님께서 자비를 베푸셨다. 성실히 노역을 수행하면 죄를 탕감하고 너희가 살던 세상으로 돌려보내줄 테니, 잔말 말고 맡은 임무를 수행하라!"

택시기사는 롤러코스터 운전사를 맡았다. 이 공간의 롤러코스터는 절대 속도를 높이지 않았다. 상승부터 하강까지 철컥철컥 소리를 내며 아주 천천히 움직였다. 엘리베이터가 너무 빠른 운송수단이라는 지적에 만들어진 이 롤러코스터는, 느림의 감각을 극적으로 느낄 수 있게 설계되었다.

"이 롤러코스터를 타면 누구나 알 수 있어요. 느리다고 꼭 답답하지만은 않다는 걸요. 느려도 긴장감이 극에 달할 수 있죠."

롤러코스터 사무국의 직원이 운전을 마치고 온 택시기사에게 말했다.

"그걸 굳이 꼭 바지에 오줌을 저려가며 알아야 합니까?"

기사가 묻자 직원은 "음." 하고 고민하는 것 같더니 "그러게요." 하고 질문을 덮어버렸다.

"어차피 그런 의문 이전에 롤러코스터가 있었거든요. 제가 태어나기도 전에 주인님이 한 농담인 거죠. 주인님의 농담은 산이나 바다 같아요. 어떤 원리로 생겼는지 이해할 수는 있지만, 당위에 맞지 않는다고 존재를 부정할 수는 없죠."

설디는 창작공간 최초의 라디오 디제이를 맡았다. 박유림의 생각 한 번에 라디오국 시스템이 완성되었다. 평소보다 느린 말투로 진행되는 설디의 라디오는 듣기만 해도 포근한 잠으로 청취자들을 안내했다. 설디의 목소리에 빠진 박유림은 아예 창작공간에 들어와 자명종을 맞춰놓고 잠들었다.

언제쯤 현실로 돌아갈 수 있을까 생각하던 설디는, 점차 창작공간의 분위기에 익숙해졌다. 이곳에서 느린 라디오를 진행하다 보니 자연스럽게 생각도 느리게 흘러가는 듯했다. 거리에는 시끄러운 오토바이와 자동차 소리도 없었고, 스케줄에 쫓겨 끼니를 급하게 먹지 않아도 되었다. 이곳에서는 연예인들이 바쁜 일정을 잡으면 처벌 사유였기 때문이다. 덕분에 새벽마다 그를 괴롭히던 불면증도 사라지고, 오랜만에 잠을 푹 잤다.

이곳에서 설디는 드라마 한 편을 찍었다. 규정에 따라 제작된 드라마는 그 이름이 무색하게 어떤 극적인 전개도 없었다. 정물화에서 사과 역을 맡은 설디는 차분한 어조로 사과의 심경을 대변했다. 감정의 변화는 서사를 빠르게 이끌 수 있어 자제되어야 했다.

"저는 사과입니다. 저를 바라보는 사람의 눈빛이 느껴집니다."

"방금 너무 격정적이었어요."

감독이 지적했다.

"네?"

"최대한 정적인 감정에 머무르세요. 누가 사과를 꽉 움켜쥐더라도, 당황하거나 울먹이면 안 돼요."

설디가 집중해서 하나의 감정 상태를 표현하면, 양초와 도자기와 빵을 맡은 배우들이 곁에서 그 표현을 경청하는 것이 구성의 다였다. 드라마는 박유림의 숙면을 위해 만들어졌지만, 설디는 그 연기를 하며 마음이 정화되는 듯했다.

그러나 고요에만 젖어 있기에는 현실의 감각이 설디의 몸에 남아 있었다. 배우들은 서로를 장난스럽게 배역으로 불렀는데, '사과 씨'인 설디는 '도자기 씨'에게 끌리는 마음을 감출 수가 없었다. 도자기 씨의 말을 차분히 듣고 나면, 또렷하고 생생한 그의 목소리가 머릿속에 맴돌았다.

배우들은 연기가 끝나도 규정에 따라 차분하게 말하고 급한 일이 있어도 뛰지 않았다. 머릿속은 들키지 않았기에, 설디는 도자기 씨가 가쁜 숨을 내쉬며 자신에게 달려오는 장면을 상상했다. 둘 사이에 불꽃이 튀는 거야. 심장은 빠르게 뛰고 있겠지. 그건 오직 이곳에서만 불법이잖아? 심장을 빼낼 수 없으니 아무도 모를 거야……. 현실에서는 한 번도 해보지 않아 더 달콤한 상상이었다.

설디는 빨라서 불온하고, 불온해서 빠른 사랑을 꿈꿨다. 하지만 설디가 다가가자 도자기 씨는 한 발짝 물러섰다.

"저도 사과 씨를 좋아하지만, 이곳에서는 서로 대화를 나눈 지 1년이 지나서야 고백을 할 수 있어요."

"뭐라고요? 그런 법이 어딨어요."

"이 세계를 창조한 주인님의 뜻이죠. 입맞춤은 고백 후 3년이 지나면 할 수 있어요. 단, 격렬한 입맞춤은 금지예요."

사랑은 너무 빨라서, 공간의 질서를 순식간에 어그러뜨리기에 절제되어야 한다고, 말 잘 듣는 도자기 씨가 차분하게 설명했다.

"사과 씨가 지금 고백해버리면, 우리 둘의 마음이 마구 요동치겠죠. 그러면 평정심이 깨질 거예요. 고백을 받아주지 않으면 어떡할지를 걱정하고, 고백을 받으면 앞으로 어떤 나날이 펼쳐질까 꿈에 부풀겠죠. 잠도 오지 않고, 불안하고, 안 하던 실수도 하고, 사랑과 무관한 것들을 성급하게 처리하다가 욕도 먹을 거예요. 그래서 우리 주인님께서는……."

"그래서요?"

"오, 사과 씨. 방금의 의문은 너무 빨랐어요."

"저는 도자기 씨를 사랑해요."

"아아, 그건 정말 범죄인데."

고백을 들은 도자기 씨는 갑작스러운 설렘에 입안이 바짝바짝 마르더니 그대로 기절해버렸다.

"도자기 씨!"

"그래서 어떻게 되었나요?"

루디가 물었다.

"설디는 가장 경험이 많은 연기자 양초 씨에게 도움을 구했습니다. 양초 씨는 설디를 신뢰했기에 좋은 정보 하나를 주었죠.

'금요일 밤에 주인님을 찾아가보세요. 그때가 가장 기분이 좋을 때거든요. 몸은 피로에 절었지만 두 눈동자에는 평화와 자비가 빛나는 시간이죠. 인간관계가 엉망이라 남들처럼 약속도 없으니 또 창작공간으로 들어올 게 뻔해요.'

저는 설디와 함께 그 도자기라는 배우를 부축하고 금요일 밤, 박유림이 있는 곳으로 갔습니다. 설디는 용기 있게 사실을 있는 그대로 말했어요.

이야기를 다 들은 박유림은 곰곰이 생각해보더니 이렇게 답했습니다.

'이곳에서 하는 사랑은 진짜 사랑이 아니에요.'

'그게 무슨 말이죠?'

'설디 씨는 아마 이곳에서 마음의 평화를 찾았을 거예요. 도자기 씨는 내가 만든 존재 중 가장 고요하면서도 매력적인 존재이니 사랑에 빠질 법도 하죠.

하지만 내가 만든 이 세계는 가짜예요. 나 같은 현실 부적응자가 위안을 얻기 위해 만든 테마파크일 뿐이죠. 내가 느림을 강요하는 규칙을 파괴해서 설디 씨가 도자기 씨와 뜨겁고 빠른 사랑을 할 수 있게 된다면, 도자기 씨는 더 이상 예전의 도자기 씨가 아닐 거예요. 오히려 끔찍한 실수를 저지르고, 설디 씨를 이용하려 하고, 쉽게 떠나버리겠죠.

난 이곳에서 내 외로움을 달래줄 많은 존재를 만들었어요. 그들은 영원히 나를 이해해줄 것만 같았지만, 느림의 규칙을 해제하자 하나같이 나를 짓밟았죠. 나는 피눈물을 흘리며 그들을 제거했어요. 그리고 다짐했죠. 다시는 이 느린 환상의 세계에 진실을 담지 않을 거라고. 내가 얼마나 추하고 사랑받을 수 없는 사람인지 확인할 바에는 안전한 동화 속에서 죽어갈 거라고요.

그래도 규칙의 해제를 원한다면, 기꺼이 해드리죠. 그동안 여기서 라디오를 진행해준 덕분에 어느 때보다 따뜻한 밤을 보냈으니.'

설디와 도자기는 박유림이 마련해준 규칙 바깥의 섬에 들어가 함께 살았습니다. 그리고 예언이 들어맞기라도 하듯, 각자 깊은 상처를 안고 돌아왔죠. 설디는 라디오를 진행할 때처럼 미소를 띠지 못했고, 도자기는 수줍음 대신 애써 화를 참는 빛이 얼굴에서 묻어났습니다.

노역에서 해방되어 다시 택시를 타고 돌아오는

날, 설디에게 물었습니다. 그 선택을 후회하느냐고요. 그러자 설디는 이렇게 대답하더군요.

'이제는 사연을 예쁘게만 읽진 않을 것 같아요. 단지 그뿐이죠.'"

택시는 호텔 앞에 도착했다. 루디는 택시기사에게 새로운 라디오 채널을 소개해주었다. 디제이가 되면 꼭 그가 들려준 이야기를 하겠다고도.

6

탐정 아닌 탐정의 저녁

루디는 호텔 1층 카페에 들어가 영디를 기다렸다. 식사시간이 지났지만 둘 다 사연을 찾아 돌아다니느라 끼니를 걸러 뭐라도 좀 먹기로 했다. 곧 내려온다던 영디가 보이지 않아 루디는 듬성듬성 앉아 있는 사람들을 구경했다. 호텔은 시내 한복판에 있었지만, 주차장과 정원으로 거리를 확보한 덕에 카페 안은 아늑하고 조용했다.

이곳 사람들은 대체로 평온한 얼굴이었다. 가난에 찌들거나 불만을 숨기지 못해 씩씩거리는 사람들은 보이지 않았다. 역시 화폐는 위대한 발명품이었다. 지구인들은 화폐로 전쟁을 막고, 교양을 퍼뜨리고, 서로 불신하는 사람들을 대화하게 했다. 화폐가 없다면 도시도 유지될 수 없었다.

이 도시의 화폐에 그려진 귀여운 모자를 쓴 철학자들의 초상은, 화폐의 기능을 잘 보여주는 탁월한 디자인이었다. 화폐는 도시에 사는 노예들을 철학자로 만들었다. 노예들은 일을 잘하는 방법을 연구했다. 어떤 노예가 좋은 노예인지 토론했고, 마음에 들지 않는 노예를 놓고는 그가 보이지 않는 곳에서 뒷담화를 했다.

그들은 때로 자신의 노예 생활이 너무나 뿌듯해서 다른 노예들을 만날 때마다 자랑을 늘어놓지 않고는 입이 근질거려 참을 수 없었다. 겉으로는 불만을 얘기하면서 은근히 자신이 받는 대우를 흘리는 화법이었다. 그걸 들은 다른 노예들은 질투심에 잠을 못 잤다.

루디는 가만히 다른 사람들의 대화에 귀를 기울였지만, 딱히 흥미로운 이야기는 없었다. 그들 나름대로는 중요한 비즈니스와 가정사이겠지만, 굳이 라디오에서 소개할 만한 거리는 아니었다.

그러다 구석 자리에 앉은 한 남자와 눈이 마주쳤다. 루디의 시선에 당황한 듯 남자는 다시 신문을 보는 척했다. 중절모에 코트를 입은 모습이 연극을 하는 사람처럼 부자연스러웠다. 루디는 호기심에 자리에서 일어나 남자의 테이블로 향했다.

"잠깐 앉아도 될까요?"

말하면서 동시에 의자를 뒤로 끌었기에 남자는 뭐라 대꾸도 하지 못했다. 품에서 권총이라도 꺼내 쏠 것 같은 차림새에 비해 눈동자가 쉽게 흔들렸다.

"표정이 어두우세요. 어디 안 좋은 일 있으세요?"

루디의 말에 남자는 눈을 끔뻑거리더니 바위를 밀어 동굴 입구를 보이듯 입을 열었다.

"제가 표정이 안 좋은가요?"

"주변을 보세요. 아저씨 혼자 시무룩하잖아요. 이 좋은 호텔에서."

"그러네요, 정말."

남자는 멋쩍은 듯 얼음이 다 풀어진 커피를 들이켰다.

"온종일 도시를 걸었거든요. 자꾸 기억이 밀려와서 가만히 있다간 마음이 휩쓸려갈 것 같았죠. 피곤

133

해서 그런지 표정이 어두웠나 보네요."

"무슨 특별한 일이라도 있었나요? 애인이랑 헤어지기라도?"

"하하, 글쎄요. 애인이라고 하기에는 내가 너무 우스워질 텐데. 도시 이곳저곳에 깨진 유리 조각처럼 흩어진 기억을 찾아다니다가 여기까지 와버렸네요. 이 호텔도 기억의 한순간이 있는 곳이죠."

남자는 테이블에 중절모를 내려놓았다. 그 옆에는 근사한 가죽 수첩과 만년필이 있었다. 그는 어린 시절부터 탐정 용품을 수집하는 데 강렬한 욕구를 느꼈다고 했다. 탐정물에 등장하는 클래식 제품들은 물론이고, 탐정 전통을 재해석하는 신제품의 출시 소식이 들리면 어떻게서든 손에 넣기 위해 애썼다. 그의 만년필은 역사상 손에 꼽히는 명탐정들의 손 치수를 추정해 만든 것이었다. 그는 담배를 피우지 않으면서도 담배 파이프를 제조사별로 모아 방에 진열해두었다.

완벽히 갖춘 의상과 물건과 달리, 남자의 말과 행동은 진짜 탐정이라기엔 어딘가 어설펐다. 루디는 그래서인지 그의 사연이 더 궁금했다.

"말해줄 수 있나요, 무슨 일이 있었는지? 저는 디제이라 늘 사연이 필요하거든요. 이 도시 사람들이 밤에도 카페인을 마시는 것처럼요."

"별볼 청취자들이 제 사연을 궁금해할까요? 저는 그야말로 별 볼 일 없는 사람이거든요."

"글쎄요, 그건 들어보고 판단해보죠. 제가 경험이 많은 건 아니지만, 자기 인생이 소설 한 편이라는 사람보다는 겸손 떠는 사람의 이야기가 더 그럴듯했거든요."

"난 범인을 쫓고 있었어요. 그게 내 인생의 유일한 위안이었죠. 정식 탐정사무소에 소속돼 있진 않았지만, 직장 일을 마친 저녁이나 주말이면 개인 탐정으로 활동했어요. 사무소에 고용된 탐정들은 우리 같은 부류를 스토커에 불과하다고 깎아내렸죠. 분했지만, 그들의 시선이 이해되는 면도 있었어요. 탐정계뿐만 아니라 어느 업계든 초심자와 지망생들을 상대로 울타리를 치는 게 이 도시의 생리니까요.

명석한 추리력을 갖춘 정식 탐정들에 비하면 나 같은 B급, C급 탐정들은 가진 거라곤 끈기와 운뿐이에요. 우연히 범행을 목격하고, 그 뒤를 끈질기게 밟아가는 거죠. 거기에 제 나름대로 신경 쓴 복장과 탐정 전통에 맞는 소지품을 갖추면, 자격은 부족해도 보기에 추하다는 소리는 듣지 않죠. 최소한의 형식은 갖춘 셈이니까요.

누가 나보고 얼치기라 불러도 할 말은 없었지만, 그래도 외양만 꾸민 탐정은 아니라고 자부해요. 정말 범인을 잡고 싶었거든요. 그래서 범인을 공부하기 시작했죠. 특별한 방법론은 모르겠고, 학교에서 배운 대로 눈에 들어오는 정보를 암기했어요.

범인은 오피스텔에 혼자 살았어요. 부모는 없고, 그가 납골당에서 홀로 눈물을 훔치는 모습을 엿본 적이 있었죠. 집에서는 작은 개 한 마리를 키웠어요. 상아색 양탄자에 커피를 쏟은 듯한 얼룩을 가진 개였어요. 수술을 받아 짖지 못했죠.

범인은 수치스러운 상황을 마주하면 망설이지 않고 그 자리를 떠나버렸어요. 식당 주인이 불친절하게 굴면 젓가락질 한번 하지 않고 식당을 나왔죠. 그런 성격 때문에 젊은 시절에 여러 번 직장을 관두고 사업을 하고 있었어요.

공부하면 할수록 나는 범인을 사랑하게 됐어요. 이런 이야기를 꾸며내기도 했죠. 내가 범인을 사로잡아 거칠게 고문하는 거예요. 그는 자존심 때문에 입을 열지 않다가 며칠이 지나 결국 굴복하겠죠. 아, 그럼 얼마나 좋을까요? 참회의 눈물을 흘리는 그를 부둥켜안고 함께 울고 싶었어요. 너무 상상에 몰입한 탓에 이미 범인을 잡은 듯한 느낌이 들기도 했죠. 잡기도 전에 나는 범인을 용서하고, 범인의 회개를 위해 기도까지 해버렸어요.

범인을 만나기 전까지 나는 탐정물의 독자이자 관객에 불과했어요. 범인이 나를 비로소 탐정으로 만들었죠. 나는 탐정의 모자를 쓰고, 탐정의 외투를 입었어요. 탐정의 구두를 신고 탐정의 발소리를 냈죠. 진정한 탐정이란 냉철해야 하는 법이기에, 나 자신의 열정과도 거리를 두려 했어요. 하지만 불가능했죠. 범인 외에는 어느 것도 내 마음에 들지 않았으니까요. 내 인생의 중심에는 범인이 있었어요.

범인은 인력을 관리하고 현장에 배치하는 업체를 운영했어요. 불특정다수의 지원자를 받아 쓸쓸한 결혼식장의 하객석을 채웠죠. 저녁이 되면 그 인원

138

을 다른 의뢰인의 장례식장 조문객으로 썼어요. 용역업체로 사업을 전환해서는, 때로는 철거단지에 사내들을 보내 원주민들을 끌어내고 건물을 부수기도 했죠. 철거가 없는 날에 사내들은 광장에 파견되어 시위대에 섞여 정의를 외쳤어요.

범인은 인력을 다루는 데 재능이 있었어요. 하지만 그는 자신의 사업이 너무 단순하다는 생각을 했죠. 더 복잡한 퍼즐을 풀고 싶었고, 더 위험한 일을 겪고 싶었어요. 그는 도시 밑바닥에 오고 가는 돈과 사람들에 매력을 느꼈어요. 이 도시에서 꼬박꼬박 법을 지키며 사는 이들은 선량한 게 아니라 야망이 없는 거라고, 그는 말했죠.

'사람들은 정해진 절차에 따라 선발에서 떨어지고, 정해진 보상체계에 따라 쥐꼬리로 연명하면서도, 그게 공정하니까 법을 따른다고 하지. 그런 사이비 종교가 어딨어. 옛날 사람들은 죄다 법을 어겨가면서 자기들의 힘을 키웠는데 말이야. 자기들에게 불리하게 설계된 질서에 순응하며 평생 착한 아이로 살아가다니. 난 우스운 게 싫어, 웃긴 게 좋아, 웃고만 싶단 말이야.'

나는 매일 범인의 단골 술집 구석에서 그의 이야기를 엿들었어요. 낡은 상가에 간판도 없는 가게였죠. 한번은 엑스트라 섭외 업체 대표와 대화를 나누더군요. 그 자리에서 대표는 흥미로운 이야기를 꺼냈어요

'엑스트라들을 관리하다 보니 이런 생각이 들더군요. 이 자식들은 자기 인생에서도 엑스트라가 아닐까? 나는 딱 보면 알아요. 누가 주인공인지, 스쳐 지나가는 엑스트라인지. 조단역과 엑스트라의 깜냥 차이도 크지요. 연기력의 문제가 아니에요. 똑같은 스포트라이트를 쏴줘도 어색해서 구석으로 숨는, 주인공 자리를 절대로 감당 못 하는 자식들이 있다 이겁니다. 자기들도 알 겁니다. 시간은 가는데 뭐 하나 똑바로 하는 것 없이 떠밀려가는 인생을 살고 있다는 걸.'

술에 취한 범인은 그 말에 맞장구치며 호탕하게 웃었어요. 그러곤 대표의 말에 영감을 받아 새로운 사업을 시작했죠. 임시 인력을 구하는 일이 아니라, 한 사람의 남은 삶을 통째로 바꾸는 일이었어요.

'주인공은 주인공답게, 조연은 조연답게.'

범인의 회사가 내건 슬로건이었죠. 그는 말했어요. 세상에는 주인공으로 태어난 사람이 있고, 그렇지 못한 사람이 있다. 주인공은 어떤 시련이 와도 위기를 극복하며 끝내 자기 욕망을 실현한다. 하지만 조연은 그런 삶이 버겁다. 능력은 없고, 마음은 나약한데 세상은 그들에게 주인공이 되라고 강요한다. 꿈이 없는데 꿈을 가지라 하고, 매력도 없는데 로맨스의 주인공이 될 수 있다고 사기를 치다니! 어떤 이들은 조연도 부담스러워 더 작은 배역이 주어져야 겨우 수행할 수 있다. 이들에게 '인생의 주인공은 너'라며 속삭이는 것은 폭력이 아닌가? 어차피 주인공의 꿈만 꾸다 죽게 될 텐데!

　　범인은 인생의 갈피를 못 잡는 이들에게 알맞은 배역을 주어 그들을 구원할 거라 주장했어요. 운명의 미스매치를 해소해 사회의 혼란을 정리한다고 했죠. 주인공으로 태어났지만 괜찮은 조연이 없는 이에게는 조연에 알맞은 사람을 연결해주었어요.

　　처음에 나는 범인의 행보에 분노했어요. 그의 사업은 인간을 인간으로 존중하지 않아 보였으니까요. 하지만 조금씩 그를 알아갈수록, 그의 과감한 실행

능력과 뒤를 보지 않는 결단력, 범행을 풀어가는 감
각에 매료되었어요.

　범인은 자유로웠어요. 그의 범죄에는 조악한 설
계도, 거창한 의미 부여도 없었어요. 나는 그의 궤변
에 솔깃해서 하마터면 지원서를 낼 뻔했어요. 하지
만 나는 탐정 서사의 주인공에 자신을 투영해둔 상
태였죠. 어떤 근거도 없이 내게 탐정의 잠재력이 있
다고 믿었던 거예요. 지금 돌이켜보면 나는 탐정으
로서 완전히 실패했어요. 조연이면서, 주제 파악을
못 하고 주인공을 맡은 거죠. 결국 인생이란 드라마
를 망쳐버렸어요. 노인들이 들으면 웃을지 모르지만
나는 압니다. 이 매정한 도시는 한 번 어긋난 인생에
다시 기회를 주지 않는다는 걸요. 그때는 잘못된 믿
음이 있었어요. 그 믿음 때문에 엉터리 서사를 포기
하지 않고 진행한 거죠."

　탐정은 단역을 지망하는 사람으로 위장하고 범인
이 진행하는 세미나에 참석했다. 범인은 불 꺼진 빌
딩의 창문 없는 방에서 삶에 지친 사람들을 사로잡
았다.

"아직도 자유, 평등, 개성… 이런 말들을 믿습니까? 물론 좋은 말들이죠. 그런데 이렇게 물어보죠. 여러분이 그렇게 살 수 있을까요? 자신을 속이고 싶다면 말리진 않겠습니다만, 객관적으로 말씀드리죠. 여러분은 패배자가 될 거예요! 듣기 좋은 희망에만 중독되어 이루지도 못할 목표 앞에 좌절하겠죠! 우리 회사는 거짓을 팔지 않아요. 차가운 진실만을 내어놓죠."

이어 한 남자가 연단에 올라왔다. 그는 주인공을 꿈꾸던 시절이 얼마나 불행했는지 회고했다.

"저는 평생 회사에서 자리를 지키려 애를 썼습니다. 하지만 무엇을 위한 삶인지 알 수 없더군요. 시간은 등을 떠미는데 나는 어디로 가는 거지? 마음을 나눌 사람 하나 없는데 거울 속 내 모습은 참 추하더군요. 게을러서 추한 게 아니라 열심히 살아서 추했어요. 그게 얼마나 끔찍한 감정인지, 여기 계신 분들은 아실 겁니다.

그러다 이 회사를 만나 지원서를 내게 되었습니다. 운 좋게 주인공 여자아이의 삼촌 역에 캐스팅되었어요. 아이에게 많은 추억을 준 좋은 삼촌이지만,

어느 날 교통사고로 사망하여 아이에게 삶의 유한
성에 대한 깨달음을 주는 역이지요.

아, 시나리오를 들었을 때 얼마나 기쁘던지! 드디
어 내 삶에도 의미 있는 한 페이지가 생기는 거니까
요. 아이와 보내는 시간도 즐거웠습니다. 누군가에
게 좋은 어른, 좋은 사람으로 기억될 수 있다는 게
지난 삶을 생각하면 기적 같은 일이지요. 잠깐 눈물
좀 닦겠습니다⋯⋯."

탐정은 세미나의 내용을 전부 녹음했다. 범인과
관련된 자료는 나날이 쌓여갔다. 이제는 그의 행동
반경을 훤히 파악해 언제 어느 장소에 나타나는지
도 대략 예측할 수 있었다. 그의 범죄목록과 재산축
적방식도 손에 잡혔다.

원한다면 범인을 바로 잡을 수 있었다. 탐정은 단
골 술집에서 술에 취해 코를 고는 범인을 자주 보았
다. 하지만 범인에게 다가가지는 않았다. 집요하게
범인의 행적에 몰두한 만큼, 범인이 사라지고 나면
자신의 삶이 얼마나 공허해질까 두려웠다.

"나도 압니다. 범인을 잡지 않는 탐정은 탐정이

아니라는 걸요. 나 역시 모순과 불안에 시달리며 잠을 이룰 수 없었습니다. 범인을 내버려둔다는 양심의 가책 때문은 아니었어요. 다른 탐정이 그를 잡을지 모른다는 걱정 때문이었죠. 어느 날, 범인의 단골 술집에 숨어 있다가 중절모를 쓴 다른 남자를 발견했어요. 그 역시 나와 같은 싸구려 탐정인 듯했죠. 남자는 범인을 흘끔거리며 기회를 엿보고 있었어요.

나는 남자를 술집 뒷골목으로 불러냈어요. 그러곤 주머니에 늘 차고 다니던, 그러나 한 번도 사용한 적 없던 단도로 남자의 복부를 찔렀죠. 사람을 그렇게 공격해본 건 태어나 처음이었어요. 남자는 뭔가 반항하려 손짓했지만, C급 탐정들의 심리야 훤하죠. 탐정 흉내는 내고 싶지만, 막상 위험한 일이 닥치면 소심해서 아무것도 못하는 거예요. 시체의 품에서 지갑을 꺼내자, 반듯하게 머리를 넘긴 은행원이 미소 짓고 있었어요.

사람을 그렇게 처리하자 나도 모르던 용기가 분출한 걸까요. 뚜벅뚜벅 주점으로 돌아가 소리 내어 범인 앞에 앉았습니다. 술에 취한 범인이 게슴츠레한 눈으로 내 얼굴을 바라봤죠. 나는 그의 눈을 바로 보았어요. 무슨 상황인지 모르고 히죽 웃는 범인은 무장해제 상태였죠. 내가 그를 칼로 찌르든 체포하든 그의 기괴한 삶이 끝나는 건 시간문제였어요. 그런데도 뭐가 좋은지 범인은 나를 보며 계속 웃고만 있더군요.

'자네는 나를 잘 알지.'

범인이 말했어요.

'하지만 나도 자네를 알아. 자네는 나를 계속 쫓아다녔어. 탐정들은 다 변태들이야. 처음에는 의아했지. 도대체 왜 나한테 그리 집착하는지, 자네한테 어떤 잘못도 한 적이 없는데.'

'당신 같은 악한들의 비밀을 밝혀내는 게 탐정들의 사명인 거죠.'

내가 말하자 범인은 고개를 저었어요.

'웃기지 마. 자네의 목적은 나를 잡는 게 아니야. 자네는 오직 그 망할 놈의 공허함을 채우기 위해 애쓰고 있어. 존재하지도 않는 사명을 들먹이며 탐정놀이를 하고 있지. 자신을 속이면서 말이야. 어차피 다 자작극이지."

나는 범인의 말에 반박할 수 없었어요. 범인은 다

시 히죽 웃고는 말을 이었죠.

'어서 나를 체포해봐. 내가 저지른 일들을 자네는 다 알고 있잖아?'

하지만 그럴 수 없었어요. 두 손만 테이블 밑에서 떨렸어요. 그를 체포하면 꽤나 유명한 탐정이 될 수 있을지 몰라도 나를 지탱해 오던 세계는 그날로 무너지는 것이었죠. 그가 없어지면, 나는 더 이상 '그를 쫓는 탐정'일 수 없었으니까요. 시간을 끌어야 했어요.

'당신은 반성이라곤 하나도 없군요. 이 도시의 질서를 파괴하고 받은 돈만 해도 얼마입니까. 당신은 멀쩡히 삶을 견디던 사람들을 타락시켰어요.'

'타락 같은 소리. 그래, 돈을 많이 챙긴 건 인정하지. 하지만 난 그 사람들에게 큰 선물을 주고 대가를 받은 거야. 이 도시는 그동안 사람들을 너무 속였어. 자기 자신을 속이지 않으면 살아갈 수 없도록 낭떠러지로 몰아붙였지.

들어봐, 내 의뢰인 중에 부모 사이가 파탄 나서 매일 흐느끼다 잠들던 아이가 있었어. 부모는 그 아이가 착하고 공부도 곧잘 했으니 유명 대학에 가는 건 당연하다고 여겼지. 엄마가, 아빠가 이혼하지 않는 건 다 널 생각해서인데, 너마저 비뚤어지면 어떻게 되겠느냐고, 아이는 그런 얘기가 자기 목을 조르는 걸 견디면서 공부를 했지. 그 아이는 주인공이었을까? 천만에. 그 아이는 조연으로 태어났어. 주인공으로 태어났다면 역경을 이겨내고 자기 길을 갔겠지만, 망할, 그런 능력이 없었단 말이야.

그 아이가 날 찾아왔을 때 내가 뭐라고 했겠나. 마음을 단단히 먹으라고? 시간이 지나면 달라질 거라고? 장사를 해도 그렇게 무책임하게 할 순 없지. 난 아이를 또래의 주인공 친구에게 연결해줬어.

그리고 이렇게 말해줬어. 이제 네 인생의 유일한 목적은 이 녀석의 친구로 기능하는 거야. 다른 건 필요 없어. 네가 주인공을 맡았던 영화는 제작이 엎어진 거고, 네 일인칭 주인공 시점으로 전개되던 소설은 집필이 중단되었다고. 단지 너는 이 녀석이 주인공인 소설에 몇 문장으로 삽입된 거라고.

그 아이는 지금 잘 살고 있어. 내가 아니었으면 어찌 되었을까? 뭐, 당신 같은 탐정들이야, 말해줘도 못 알아듣겠지. 도시의 이데올로기가 요 머리에 톡

톡 박혔거든.'

범인은 클클거리며 잔에 술을 따르려다 테이블을 적셨습니다.

'젠장, 범벅이 됐군. 뭐하나, 어서 체포하라니까?'

'그냥 그대로 있으십시오.'

'뭐라고?'

범인은 내 꿍꿍이를 들여다보려는 듯 고개를 내밀었어요.

'그렇게 계속 장광설로 사람들을 현혹하고, 도시의 질서를 파괴하고, 돈을 챙기면서, 그렇게 있으란 말입니다. 절대로 착해지지 말고, 마음을 고쳐먹지 말고, 새사람이 되지도 마세요. 당신이 변하면 난 죽어버릴지도 모르니까.'

나는 그렇게 말하고 뒤돌아 나왔어요.

'웃긴 놈, 정말 웃긴 놈이야! 영원히 내 그림자를 따라 거리를 떠돌고 싶단 말이지!'

범인의 호탕한 웃음소리가 등 뒤에서 들렸죠. 그의 말이 옳았어요. 나는 그의 그림자 속에서 엉터리 탐정 모자를 쓰고 있을 때만 희열을 느끼는, 그라는 주인공의 서사에서만 행복한 조연이었던 거죠.

그를 추적하지 않을 때, 그와 무관한 생활을 할 때 나는 폐허였어요. 범인은 계속 범인이어야 했습니다. 이 세상에 계속 해악을 끼치더라도, 범인이 있어야 나는 온전히 살아갈 수 있었죠. 술집에서 나오니 유흥가의 불빛과 담배 연기가 어디선가 들리는 노랫소리에 맞춰 소용돌이치고 있더군요."

탐정은 말을 마치고 다시 커피를 들이켰다. 루디의 옆에는 어느새 영디가 와서 귀를 쫑긋 세우고 사연을 듣고 있었다.

"넌 이런 분들은 어디서 섭외하는 거니?"

"가만있어 봐."

"이 카페는 범인을 추적하다가 우연히 들어온 곳이었어요. 그는 애인으로 보이는 사람과 여기서 대화를 나누다가 체크인 시간에 방으로 올라가더군요. 사람을 함부로 대하는 자가 무슨 사랑을 제대로 하겠습니까만, 순간 질투심이 치솟더군요. 나보다 그의 서사에 더 중요한 조연이 있을까 봐요."

7

시리얼 대소동

"루디, 이거 들어봤어?"

영디가 라디오를 틀었다. 처음 듣는 오프닝 송에 이어 디제이의 멘트가 시작되었다.

"노래가 마음에 안 들어. 무슨 군가 트는 거 같아."

"별불이야."

"뭐라고?"

게불루 총독이 마침내 사고를 터뜨렸다. 재방송을 틀며 사실상 개점휴업 중이던 빛나는 라디오국을 기습한 것이었다. 습관처럼 채널을 맞춰두었던 청취자들은 갑작스레 시작된 방송에 잔뜩 기대에 부풀었지만, 오프닝 멘트가 들리자마자 실망했다. 총독이 임명한 새로운 디제이 구디의 목소리는 지나치게 경직되어 있었다. 스튜디오 밖에선 총독이 근엄한 눈빛으로 제작현장을 시찰하고 있었다.

"편하게 해요. 내가 없다고 생각하고."

총독은 미소를 지어 보였지만, 제작진은 라디오국에 들어온 군인들을 보며 마음을 놓을 수가 없었다. 방송은 게불루 군대의 새벽 침입과 함께 재개되었다. 제작진은 각자 집에서 잠옷 바람으로 스튜디오에 끌려왔다. 프로듀서는 맨발이었고, 막내 작가는 겉옷이 없어 코를 훌쩍였다.

구디는 총독과 친분이 깊은 한 사업가의 아들이었다. 구디는 라디오 진행을 맡아본 적도 없었고, 라디오를 즐겨 듣지도 않았다. 아버지 덕에 명문 대학을 나와 이런저런 사업에 손을 댔지만, 대는 족족 적자라 방구석에서 아버지에게 머리통을 얻어맞는 게 일상이었다. 그가 느닷없이 디제이로 섭외되었을 때 총독과 사업가를 제외하고는 아무도 그 이유를 알지 못했다.

"총독님…… 이건 라디오가 아니에요."

숨죽인 라디오국에서 누군가 목소리를 냈다. 모두가 소리가 난 방향으로 고개를 돌렸다. 그곳엔 파래질 대로 파래진 막내 작가가 있었다.

"이게 어디서 큰소리를!"

군인들이 막내 작가를 꿇어 앉혔다. 막 죽음의 맛을 보여주려는 찰나, 총독이 손을 들어 그들을 제지했다.

"어째서지?"

총독은 그날따라 기분이 좋아 소통하는 지도자의 모습을 보여주려던 참이었다.

막내 작가는 덜덜 떨리는 목소리로 겨우 말을 이어나갔다.

"저 디제이는 농담도, 헛소리도 할 줄 모르잖아요. 누가 써준 건지도 모르는 끔찍한 원고만 읽고 있어요!"

막내 작가보다도 겁을 먹고 있던 프로듀서도 그제야 용기를 냈다.

"저런 디제이는 누구의 마음도 움직일 수 없어요. 사연을 읽는데 아무런 온도도 느껴지지 않잖아요?"

"그래? 또 말해봐."

말과 다르게 총독은 잔뜩 심술이 났는지 얼굴이 세탁기에 돌린 지폐처럼 구겨졌다. 몇몇 제작진이 이어 의견을 개진했다. 보다 못한 참모들이 옆에서 말했다.

"총독님, 이들은 다 쑨디에게 세뇌된 작자들입니다. 애초에 이런 얘기는 들어줄 필요가 없습니다."

"그래도 쑨디 때는 청취율은 잘 나왔잖아."

"그 청취율이란 것도 조작되었다는 얘기가 많습니다. 전문가들이 편 반론이 이렇게나 많습니다."

"말도 안 돼요!"

프로듀서가 외쳤다. 참모들은 총독에게 두툼한 서류뭉치를 내밀었다. 총독은 읽는 시늉을 하더니 고개를 끄덕였다. 서류에 글자가 너무 많았다. 스튜디오 안에선 구디가 문맥을 놓쳐 같은 문장을 두 번 읽고 있었다.

"자꾸 이상한 트집을 잡는데, 쑨디 그 자식을 내 앞에서 들먹이는 건 용서할 수가 없어. 구디는 처음이라 떨려서 그렇지 쑨디보다 훨씬 나아. 그 자식은 쓸데없이 우리 정부를 비꼬고 말이야, 같잖은 헛소리로 불온한 사상을 옹호했지. 이게 정상이야. 내가 정상으로 만들었어. 너희들은 그래도 경험이 있어서 살려두었는데, 점점 하는 소리가 가관이군. 너희도 쑨디와 똑같은 놈들이야.

그리고 뭐, 끔찍한 원고? 그건 내가 쓴 원고야. 누가 그 말 했어, 너지?"

총독의 화는 끝이 없이 이어졌다. 그사이 막내 작가는 옥상 난간에 끌려가 꽁꽁 묶이고 말았다. 진작에 묶여 있던 라디오국장은 추워서 콧물을 줄줄 흘리고 있었다.

"국장님! 너무 추우시죠?"

"아이고, 우리 작가가 무슨 죄라고. 여기서 나랑 끝말잇기나 해요."

"끝말잇기요?"

"추우니까, 입이라도 움직여야죠."

"우리도 합시다."

게불루의 군인들이 끼어들었다.

"저기서 화내는 거 우리도 듣기 싫어요. 레퍼토리도 맨날 똑같아. 우리도 쑨디의 별볼이 재밌었다고요."

"그래요, 이해합니다. 그럼 나부터 할까요?"

"우린 이제 어떡하지?"

호텔을 나서며 영디가 말했다. 구디의 첫 방송은 최악이었다. 루디와 영디는 낯선 행성에서 한숨만 쉬었다. 열심히 사연을 준비했지만, 게불루 군대가 주둔하는 한 오디션도 물거품이었다. 네르텔 정부에선 각 행성에 긴급 서한을 보냈지만, 당장에 어쩔 도리가 없었다. 쑨디의 별볼이 없는 네르텔은 그저 비실비실한 먹잇감에 지나지 않았다.

"돌아가야지 뭐. 어차피 라디오국이 멀쩡했어도 디제이로 안 뽑혔을 거야."

루디는 냉소했다. 그러곤 냉소하는 자신이 지긋지긋하다고 생각했다. 팽창하는 우주의 끝에 도달하는 순간 그곳이 끝이 될 수 없는 것처럼, 이 차갑고 삐뚤어진 마음에도 끝은 보이지 않았다. 루디는 귀여운 사람이 되고 싶었다. 냉소 따위는 모르는 귀여운 사람. 하지만 냉소하는 자신을 냉소하고, 냉소에 냉소를 거듭하다 보면, 냉소에 중독된 사람이 세상에서 제일 귀여운지도 몰랐다.

"그럴 땐 먹는 게 최고야. 어제 여기 행성 최고 맛집을 발견했거든? 너도 가면 끔뻑 죽을 거야."

"죽으면 죽는 거지, 끔뻑 죽는 건 또 뭐야?"

"사장님이 그러더라고. 그냥 죽으면 서러워서 이 도시를 막 헤매는데, 끔뻑 죽으면 너무 좋아서 하늘로 올라간대."

"뭘 파는데 그래?"

"장어라는 물고기래. 처음 듣지?"

루디는 얼굴을 찡그렸다.

"장어는 좀 그런데."

"왜?"

"몰라, 아무튼 그런 게 있어."

"그럼 우동이나 먹을까? 마음이 차가울 땐 음식이라도 따뜻한 걸 먹어야 한대."

"그건 또 누가 그래?"

"우동집에서 어떤 할아버지가 그랬어. 이유는 묻지 말래."

루디와 영디는 밤의 도시로 나왔다. 산책할 겸 걸어갈까 했지만 시위대가 도로를 점거하고 있었다. 트럭 위에 올라간 남자가 마이크를 잡고 목이 터져라, 고함을 지르고 있었다. 목소리는 컸지만, 눈을 보면 그렇게 화가 난 것 같지는 않았다. 무얼 팔러 나온 건가? 이목을 끄는 솜씨가 보통이 아니라 계속 들어보고 싶었지만, 둘은 배가 너무 고팠다. 다행히 근처에 지하철 입구가 있었다. 승강장에 내려와서야 주변이 조용해졌다.

핸드폰처럼 네모난 열차에 탄 승객들은, 열차만큼 네모난 핸드폰에 푹 빠져 있었다. 핸드폰 속에서 웃고 있는 사람도 핸드폰을 들고 있었다. 그 핸드폰 속에는 또 다른 사람이 들어 있겠지? 루디는 끝없이 연결되는 도시가 신기해 남의 핸드폰을 들여다보다가 눈총을 받았다.

열차 안의 사람들은 각자 자리에서 침묵을 지키고 있었다. 하지만 어떤 이들에게는 침묵만큼 좋은 무대도 없었다. 그들은 자기 자신을 완전히 표출하지 못해 안달이 나 있었다.

"루디, 저것 좀 봐."

영디는 검은 비닐봉지를 뒤집어쓴 사내를 가리켰다. 그는 시를 낭송하고 있는 것 같은데, 확실히 지구에서 쓰는 말은 아니었다.

"무슨 얘기를 하는 걸까? 너 시 좋아하잖아."

"정확히는 모르겠지만, 눈앞이 깜깜하고 숨을 쉴

수 없을 정도로 고통스러운가 봐."

"해석이 그럴듯한데? 근데 그럼 봉지를 벗으면 되지 않아? 우리가 벗겨줄까?"

"아니야, 봉지가 없으면 저 사람은 아예 숨을 쉬지 못할 수도 있어. 저 사람은 저렇게 숨을 쉬도록 고안되었을 거야."

다음 정거장에 도착하자 시인은 어떻게 앞을 보는지 뚜벅뚜벅 열차에서 내렸다. 다시 침묵이 찾아왔나 싶었지만, 이 공연장은 인터미션이 짧았다. 문이 열리자 하얀 옷을 입은 사람들이 떼를 지어 열차로 들어왔다. 그들은 운석이 그려진 깃발을 들고 있었다. 누르스름한 빵 같기도 한 모양이었다.

"아, 아, 안녕하십니까."

젊은 남자가 마이크 테스트를 시작했다. 옷처럼 얼굴도 우유처럼 새하얀데, 건강해 보이는 인상은 아니었다. 남자는 긴장했는지 쭉 째진 눈 옆으로 식은땀을 흘렸다.

"우, 우, 우리는……."

승객들은 흘끔흘끔 새로 등장한 광인을 쳐다보았다. 핸드폰을 꺼내 몰래 동영상을 찍는 사람도 있었다. 그사이 하얀 옷을 입은 사람들은 연극배우처럼 칸 곳곳에 자리를 잡았다. 마이크 테스트가 계속되자, 머리가 벗겨진 한 중년 남자가 참지 못하고 고함을 질렀다.

"이것들이 공공장소에서 뭐하는 짓거리야!"

그가 마이크를 빼앗으려 달려들자 젊은 남자는 두 손으로 마이크를 꼭 잡고 소중한 물건을 놓치지 않으려 안간힘을 썼다.

"그만두세요, 폭력을 멈추세요!"

젊은 남자는 울먹이면서 소리쳤다.

"폭력은 무슨, 지금 니들이 하는 게 폭력이야. 이 자식들이 가정교육을 어떻게 받았길래……."

옆에 있던 하얀 옷들이 중년 남자를 붙잡았다.

"이거 놔, 이거 놔 이 자식들아!"

그들은 버둥거리는 남자의 팔다리를 잡고 열차 사이 공간으로 끌고 갔다. 다시 마이크 테스트를 하려고 하자 풍성한 흰머리를 뒤로 넘긴 여자가 젊은 남자의 어깨를 툭툭 치더니 마이크를 건네받았다.

"화장품 업체에서 나왔나 봐."

영디가 말했다. 듣고 보니 젊은 남자나 나이 든

여자나 피부가 아기처럼 뽀얬다.

"반갑습니다, 승객 여러분."

나이 든 여자는 연설을 자주 해본 티가 났다. 잔뜩 목이 쉬어 있던 도로 위의 쇼 호스트와 달리, 안정적인 저음의 소리가 귀에 쏙쏙 들어왔다. 여자가 말을 멈출 때마다 하얀 옷들이 박수와 환호를 보냈다.

"저는 오늘 대단히 중요한 문제를 말씀드리러 이 자리에 나왔습니다. 우리 시리얼 신도들은 행성의 종말을 막기 위해 도시 곳곳을 누비며 여러분에게 호소하고 있습니다. 여러분! 제가 하는 말씀이 잘 믿어지지 않을 수 있습니다. 우리 신도들도 처음엔 그랬습니다. 잘 몰라서, 귀찮아서, 더 바쁜 일이 있어서! 진리를 멀리하고 살았습니다.

하지만 여러분! 아직 기회가 남아 있습니다. 그래 놀라께 용서를 빌 기회 말입니다. 우리를 자식처럼 사랑하시는 그분께 우리는 얼마나 오만했습니까? 얼마나 어리석었습니까? 행성이 병들어가는 데도 돈을 벌기 위해 오존층을 망가뜨렸습니다. 도시의 쓰레기가 바다에 버려져 물고기 형제들이 죽어갔습니다. 물고기가 흘린 눈물로 해수면이 상승했습니다.

낮은 지대에 사는 우리 이웃들이 따라 울었습니다.
아! 엉엉엉.”

"아, 엉엉엉.”

하얀 옷을 입은 사람들이 눈을 비비는 율동을 하
며 복창했다.

"그래, 뭐라고요?”

핸드폰으로 주식 그래프를 보던 사내가 루디에게
슬쩍 물었다.

"그래놀라, 라는데요?”

"그게 뭡니까? 시리얼도 아니고.”

"글쎄요.”

루디는 어깨를 으쓱했다.

"산림이 파괴되어 동물 형제들은 터전을 잃었습
니다. 핵폭탄을 개발하여 형제들끼리 서로 먼저 스
위치를 누르겠다 협박하기도 합니다. 기후 위기가
찾아오면 가장 약한 이웃들이 가장 큰 피해를 받는
다고 합니다. 하지만 우리는 어땠습니까. 모른 척하
고, 내 일이 아닌 척하고, 내 것을 더 많이 가질 생각
만 하지 않았습니까. 아, 내 잘못.”

"아, 내 잘못.”

하얀 옷들이 다시 복창했다.

"그래놀라께서는 세상 모든 문제를 다 내 잘못이라 껴안으라 하셨습니다. 서로 잘못을 떠넘기기만 해서야 어찌 우리 후손들에게 아름다운 행성을 물려줄 수 있겠습니까.

일찍이 그래놀라께서는 생명을 창조하실 때 너무 바쁜 나머지 매일 아침을 시리얼로 때우셨다고 합니다. 사랑스러운 우리 존재들을 하루빨리 만나고 싶어서, 풍성한 식탁을 마다하시고 최초의 컴퓨터 앞에 앉아 천상의 암호로 프로그램을 개발하셨습니다. 사랑과 우정의 본성을 친히 설계하셨지요.

그러나 최초의 인간 '충'은 감히 그래놀라의 설계를 거역했습니다. 함부로 본성을 벗어나 이기적인 마음을 품었습니다. 위대하고 전능한 프로그램에 흠집을 내고 그 모든 것이 그래놀라의 잘못이라며 거짓부렁을 일삼았습니다. 밤낮으로 헌신을 다하시던 그래놀라의 몰골이 꾀죄죄하다는 헛소문을 퍼뜨렸습니다. 성격이 괴팍하고 좀생이처럼 작은 일에도 예민하게 군다며 그분을 웃음거리로 만들었습니다.

생각해보십시오. 여러분이 온 정성을 다해 근사

한 세계를 만들었는데, 그 세계의 보잘것없는 한 존
재가 여러분을 모욕한다면, 여러분은 어떻게 하시겠
습니까.

자비로운 그래놀라께서는 우리와 그릇의 크기부
터 다르셨습니다. 충을 귀엽게 여기시며, 오히려 직
접 충의 잘못을 수정하셨습니다. 아아, 저는 차마 그
분의 이해심을 헤아리지 못하겠습니다.

하지만! 그 크신 은혜에도 불구하고 비열한 충은
그래놀라를 배신했습니다. 앞에서는 웃고 뒤에서는
어리석은 짓을 반복했습니다. 그러자 그래놀라께서
뭐라고 경고하셨습니까?"

"어리석은 너희가 반성하지 않으니 나도 너희를
용서할 수 없다. 마침 그릇도 없으니 시리얼이나 먹
어야겠다."

하얀 옷들은 토씨 하나 틀리지 않고 문장을 암송
했다.

"맞습니다. 시리얼로지 제 7장 4절의 구절이지요.
여러분, 대재앙의 날이 머지않았습니다. 이 도시는
파괴될 겁니다! 지금이라도 우리는 그래놀라께 잘
못을 고백하고 용서를 빌어야 합니다. 제발 우리 가

164

족과 친구의 목숨만은 구해달라고. 빌고 또 빌어야 합니다. 그래놀라께서는 간절히 기도하는 자에게 구원을 내려주시니, 모두 한마음 한뜻으로 노래합시다."

나이 든 여자는 좌우로 콩콩 뛰며 노래를 부르기 시작했다. 멜로디는 경쾌했지만, 가사는 무시무시했다.

"아아, 하얀 피가 차올라 너희들은 익사하리라…… 아아, 머리통이 으깨지고 가족들은 깔려 죽으리!"

신도들은 미소를 띤 얼굴로 합창하며 품에서 시리얼을 꺼내 승객들에게 뿌렸다. 얼마 남지 않은 승객들이 욕을 하며 옆 칸으로 피신했다. 하지만 옆 칸도 상황은 마찬가지였다. 신도들은 공중에 우유를 뿌리며 이리 빙글 저리 빙글 춤을 추기 시작했다. 나이 든 여자가 다시 마이크를 잡았다.

"춤을 춰라, 죄인들아! 열차를 멈춰 세우자! 병든 도시를 구하자! 기관사의 목을 조르자! 그래놀라 만세!"

"만세, 만세, 만세!"

날렵한 신도 다섯이 기관실을 향해 뛰기 시작했다. 춤은 더 격렬해져 갔다. 루디가 무도회에 휘말린 사이 영디도 다른 신도에게 끌려갔다.

"나랑 춤출래요?"

단발머리에 하얀 벙거지를 쓴 여자가 루디의 손을 잡아 빙그르르 돌렸다.

"이건 축제예요! 웃어요! 구원을 바라는 죄인들의 축제!"

이번엔 여자가 한 바퀴 빙그르르 돌았다.

"그만 해요! 난 다음 역에서 내릴 거예요!"

음악 소리가 점점 커져 루디는 소리치듯 말해야 했다.

"재앙을 모른 척하지 말아요! 예언은 역사가 될 거예요! 우리의 원죄를 씻어야 해요!"

"난 여기 행성 사람도 아니라고요! 행성이 망가져도 당신들 책임이겠지!"

루디가 손을 뿌리치자 여자는 재빠르게 품에서 단도를 꺼냈다. 칼날을 목젖에 겨누자 숨이 멎는 것 같았다.

"석탄 연료에 중독된 행성 살인마! 너희는 재앙

앞에 벌거벗고 벌 받으리라!"

그때였다. 열차가 멈추고 창문 너머로 정거장의 환한 불빛이 들어왔다. 신도들이 기관실 문을 못 연 모양이었다. 문이 열리자 경찰들이 들이닥쳤다.

"빨리 뛰어! 안 그럼 죽여버릴 거야!"

루디는 번뜩이는 칼날이 무서워 열차 밖으로 뛰쳐나갔다. 여자는 이런 일이 흔하다는 듯 단도를 지휘봉처럼 휘두르며 신도들에게 지시까지 내렸다.

"4시 방향! 7시 방향!"

"진짜 돌겠네."

루디와 인질들은 중고거래 물품처럼 개찰구 너머에서 대기하던 신도들에게 건네졌다. 신도들은 각자 맡은 인질을 등에 걸쳐 업고 지상으로 올라갔다. 루디가 발길질로 저항해봤지만, 그들은 잘 훈련된 요원들이었다. 승강장에선 남은 신도들이 경찰과 지하철 경비들을 단숨에 제압했다.

3번 출구 앞에는 봉고차가 기다리고 있었다. 인질을 태운 봉고차는 곧장 주택가 골목으로 들어섰다. 분식집과 정육점을 지나 세탁소에서 방향을 꺾었다. 미용실과 의류수거함 사이 좁은 오르막길을 올라 몇 개의 낮은 언덕을 굽이쳐 넘었다. 루디는 그들이 입에 넣은 시리얼을 씹고 정신을 잃었다. 진한 설탕 향만 입속에 남아 있었다.

광신도들의 아지트는 주택가 골목의 평범한 단독 주택이었다. 겉으로 보면 오래된 벽돌 건물인데 내부는 온통 새하얬다. 루디는 하얀 의자에 하얀 밧줄로 꽁꽁 묶인 채로 깨어났다. 열차에서 칼을 휘두르던 단발머리 여자가 눈앞에 있었다. 자신을 남윤지라고 소개한 이 극악무도한 시리얼리스트는 루디와 눈이 마주치자 저절로 미소가 번져 입꼬리를 내리느라 고생이었다.

"대체 이러는 이유가 뭐예요?"

"글쎄요, 이 도시에 남은 마지막 인류애랄까?"

"납치범이 할 말은 아닌 것 같은데요. 게다가 난 지구인도 아니라고요."

"뭐, 외계인한테도 자비를 베풀 수 있죠."

"내가 반항하면 찌를 건가요?"

"아니요, 가르고 째서 안에 있는 걸 다 빼낼 거예요."

루디는 입을 삐죽 내밀었다.

"테러범답게 입이 험하시네요."

"그런 소리야 많이 들었죠. 사회에서 추방되어야 할 극단의 세력이라고요. 하지만 누가 진짜 극단주의자일까요? 지금까지 행성을 이렇게 파괴해온 자들? 아니면 진실을 알리고 있는 우리? 역사상 많은 혁명가들이 테러리스트 취급을 받았어요. 우리 시리얼리스트도 마찬가지죠. 혁명의 그날이 오면 다들 우리 말을 듣지 않은 걸 후회하게 될 거예요. 곧 세상이 우유에 잠기고 시리얼이 운석처럼 떨어져 도시가 파괴될 테니까요. 대모님과 난 그래놀라의 계시를 받았어요."

루디는 처음에는 당황했지만, 점점 이 괴상한 집단에 끌렸다. 라디오에서 사연으로 들려주면 딱 좋은 이야기인데, 오디션이 망한 게 아쉬웠다. 특히 래퍼처럼 손짓이 화려한 남윤지가 은근히 귀여워서 눈을 뗄 수 없었다. 미숫가루를 섞듯 어디로 칼을 휘두를지 몰라 무섭긴 했지만, 같이 있으면 묘한 스릴감이 있었다. 게다가 시리얼이라니, 적당히 우스꽝스러운 게 루디의 취향에 맞았다.

상대가 귀여운 건 남윤지도 마찬가지였다. 남윤

지는 열차에서 루디를 보자마자, '저건 내가 구해줘야겠네'라고 특별히 마음먹었다. 루디의 눈꺼풀이 깜박이는 모양을 보자 심장이 마구 두근거려서였다. 그렇게 나비처럼 깜박이는 눈꺼풀은 여태껏 본 적이 없었다.

시리얼 사업부에서 일하기 전까지, 남윤지는 두루마리 휴지처럼 중심이 텅 빈 삶을 살고 있었다. 남들처럼 살아야 하니 회사에 갔고, 역시 남들처럼 가난이 싫어서 회사를 관두지 않았다. 유일한 취미는 클라이밍 센터에서 땀을 흘리는 것이었다. 직장생활을 오래 하려면 체력이 중요하다고 해서 가기 시작했는데, 오히려 남은 힘을 소진할 수 있어서 좋았다.

"너 괜찮니?"

한동안 연락이 안 되던 남윤지의 집에 방문한 친구는 찬장을 가득 메운 시리얼 상자를 보고 놀랐다. 냉장고에는 제대로 된 반찬 하나 보이지 않고 우유만 가득했다.

"모르겠어, 그냥 끌릴 뿐이야. 꿈에도 시리얼이 나와. 토성처럼 시리얼 부스러기로 된 고리가 내 주위를 빙빙 돌더라니까. 동네 사람이 키우는 리트리버도 시리얼로 보여. 아, 모든 지구인이 시리얼만 먹으면 세상이 참 평화로울 텐데."

남윤지의 광기는 회사 내에서도 명성이 자자했다. 시리얼 즙이 퍼진 우유로 손톱을 물들인다는 소문이었다. 집에 가면 매일 혼자 소주 한 병에 시리얼을 안주로 먹으며 업무용 초능력을 충전한다는 얘기도 있었다. 초능력 덕분인지 남윤지가 기획한 '시리얼 멀리 받아먹기 챌린지'는 우유에 잠긴 시리얼의 수동적인 이미지에 역동성을 불어넣었다는 평가를 받았다. 이 대회의 우승자는 직접 길들인 사냥매로 정확한 위치에서 시리얼을 떨어뜨렸다. 시리얼이 우승자의 입에 정확히 골인할 때는 모두가 탄성을 질렀다.

소문은 파티션을 넘고 사무실 벽을 넘어 널리 퍼져나갔다. 경쟁업체에서 거액의 스카우트가 들어왔지만 남윤지는 이미 그래놀라에 흠뻑 빠져 있었다. 은퇴한 시리얼 업계의 대모 장현숙은 이 젊은 혁명가를 눈여겨보았다. 장현숙의 집에 초대받은 남윤지는, 계단을 올라 정원에 들어서자마자 정신을 차릴 수 없었다. 정원 한가운데 자동차만 한 거대한 조각

품이 있었다. 그것은 바로 시리얼이었다. 위대한 그래놀라의 살점이었다.

장현숙은 남윤지에게 이 행성이 맞이하게 될 불운한 미래를 알려주었다.

"이렇게 심각한 상황인데 왜 다들 가만히 있는 거죠?"

"그건 모두가 '말도 안 돼'라고 생각하기 때문이에요. 하지만 세상을 자세히 들여다본 사람은 알죠. 말도 안 되는 일이 일어나고 나면 새로운 말이 만들어진다는 걸요. 요즘 업계의 젊은 사람들은 나보고 맛이 갔다고 한다면서요? 매드 시리얼리스트라고요. 그 사람들은 늘 했던 말만 반복하지, 새로운 말은 믿지 않는 거예요."

남윤지는 장현숙과 신도들 앞에서 시리얼리스트 서약을 맺었다. 그래놀라의 영광과 도시의 생존에 모든 마음을 바치겠다고 말이다.

반지하 방에 감금된 루디에게 남윤지는 시리얼로지 경전을 건넸다.

"읽으면 마음이 편안해질 거예요."

"그런 말 할 거면 칼부터 내려놓고 얘기해봐요. 게

다가 여긴 너무 습한 걸요."

"조금만 참아요. 인원을 다 수용하려면 어쩔 수 없으니까. 재앙이 임박했으니 어디 나갈 생각 말고요. 여기가 제일 안전해요."

루디가 계속 칭얼거리자 남윤지는 다시 칼날을 들이밀며 겁을 준 뒤 문을 잠가버렸다. "역시 신앙심이 부족한 애들은 달래기 힘들다니까." 고개를 절레절레 흔들면서.

에라 모르겠다, 루디는 장판에 드러누웠다. 피로가 밀려왔지만, 잠들었다가 저 귀엽고 폭력적인 시리얼리스트가 장기를 꺼내 시리얼로 만들어버릴까 봐 무서웠다.

영디는 어디에 있지? 이미 부재중 통화 목록에 영디의 이름이 있었다. 남윤지가 무기로 오해할까봐 루디는 입가에 네르텔 워치를 대고 속삭이듯 통화했다.

"다른 건 모르겠고, 시리얼 맛은 기대되네."

옥탑방에 갇혔다는 영디의 짤막한 납치 후기였다.

반지하에는 루디와 마찬가지로 어쩌다 납치된 존재들이 한숨도 쉬고 하품도 하며 시간을 보내고 있었다.

"어디서 납치되셨나요?"

루디는 눈가에 다크서클이 내려온 통통한 여자에게 물었다.

"빵집에서 일하다가요. 아까 저 사람이 빵을 받아 들더니 갑자기 제 손목을 잡아끌었어요."

지하철 역사 안에 있는 작은 빵집이었다. 남윤지는 빵 봉투를 건네는 알바생의 손이 귀여워 정신을 차릴 수 없었다. 손가락이 짧고 두꺼워 알바생에게는 콤플렉스인 손이었지만, 남윤지는 그 손을 보고 재앙에서 구해줘야겠다고 결심했다.

"할 일이 쌓였는데 걱정이에요. 중간고사 기간에 공모전까지 겹쳤는데 여기서 이러고 있다니."

알바생이 하소연하자 루디가 대꾸했다.

"세상이 우유에 잠기면 괜찮을 수도 있죠."

"정말 저 사람 얘기를 믿어요?"

"믿거나 말거나죠. 어이는 없지만, 재미는 있잖아요? 게다가 전 방학이라 시험이 없거든요."

"아, 그러세요. 부럽다."

알바생은 고개를 절레절레 저으며 옆에 있던 하얀 길고양이를 쓰다듬었다. 몸을 길게 뻗어 기지개를 켜는 자세가 과연 남윤지가 반할 만했다.

"저 테러범은 리셋 증후군 환자예요."

구석에 있던 매부리코 남자가 말했다.

"그게 뭔데요?"

"인생을 게임이라고 생각하는 증상이에요. 한번 망하면 완전히 새로운 판에서 다시 시작할 수 있다고 믿는 거죠. 그래서 저런 말도 안 되는 얘기를 하면서 현실을 도피하는 거예요."

듣고 보니 그럴듯했다.

"나는 문진표를 작성하다가 타자 치는 손가락이 경쾌하게 움직인다고 잡혀 왔어요. 별의별 환자를 다 만나봤지만 그런 경우는 처음이더군요."

의사는 피곤한 듯 눈을 껌벅거리며 얼마 남지 않은 머리를 쓸어 넘겼다.

"그런데 손가락이 예쁘긴 하신데요?"

알바생이 말했다.

"그래요?"

"손가락이 가늘고 길쭉길쭉하잖아요. 저는 늘 그런 손가락이 부러웠거든요."

의사는 자기 손을 유심히 보았다.

"그런 생각은 한 번도 안 해봤는데."

"이 행성이 멸망한다는데 피아노를 배워보는 건 어때요?"

루디가 제안했다.

"피아노를 치면 예쁠 손이긴 하네요."

알바생이 거들었다.

"행성이 멸망했는데 피아노가 어딨겠습니까."

"아까 저 위 거실에 있던데요. 여기는 안전하다잖아요."

"칼이나 안 찔리면 다행이지."

의사는 웃지 않았다.

반지하에 갇힌 사람들이 인생을 낭비하고 있다며 투덜거리다 지쳐갈 무렵이었다. 구원의 메시지를 전하려 지하철역으로 향하던 남윤지의 손바닥에 우유 한 방울이 떨어졌다.

"대모님."

장현숙은 기다렸다는 듯 남윤지의 전화를 받았다.

"그동안 고생 많았어요. 한 존재라도 더 구하면 좋겠지만, 어쩔 수 없죠. 그래놀라의 말씀을 담기엔

이 도시의 그릇이 너무 작은가 봐요."

사실 신도들의 노력에도 불구하고, 시리얼로지에 설득된 시민은 없었다. 하지만 그들은 결과에 개의치 않았다. 열차에서 춤을 추고 노래를 부른 것만으로도 마음이 후련했다. 행성이 멸망하기 전에 미리 애도를 마친 기분이었다.

남윤지는 단독주택으로 돌아왔다. 하늘에서 우유 방울이 점점 더 많이 떨어지고 있었다. 신도들은 단독주택의 문을 굳게 닫았다. 꼬리 잘린 누런 길고양이가 참치 캔 냄새를 맡고 슬쩍 담벼락을 넘어 마지막으로 들어왔다.

루디와 인질들은 그제야 지상으로 올라올 수 있었다. 하지만 다시 내려가는 게 나을 정도였는데, 2층짜리 단독주택 내부는 이미 정신없는 정글이었다. 비둘기와 까치, 까마귀와 오리가 틈만 나면 날아오르기를 반복했고, 유치원에서 훔친 토끼 세 마리는 벽지와 전선을 갉아먹고 있었다. 길고양이 둘은 서로를 경계하며 탐색전을 펼쳤고, 주인을 잃고 헤매다가 구원받은 몰티즈는 목청을 높여 짖었다. 벌레들이 통속에 담긴 건 그나마 다행이었다. 산세비

에리아, 몬스테라, 선인장만이 점잖게 구석에서 자리를 지켰다.

"아아, 인원 체크 하겠습니다."

지하철에서 본 젊은 남자가 마이크를 들었다. 보관 중인 씨앗의 이름까지 하나하나 불렀기에 납치된 사람들은 몇 번씩 대신 목소리를 냈다.

"해바라기 씨."

"네."

빵집 알바생이 대답했다.

"비둘기."

"네네."

이번엔 루디가 대답했다.

"서리."

"여기요."

어느새 누런 고양이와 친해진 의사가 손을 들었다. 고양이 이름도 의사가 지어준 것이었다.

이름을 부르지 않은 존재들도 있었다. 모기와 파리, 바퀴벌레와 개미는 집에 숨어 살다 얼떨결에 구원받았기에 얼마나 많이 있는지 알 수 없었다.

"시리얼 드실 분?"

장현숙이 묻자 시리얼 열성 신도들은 모두 손을 들었다. 인질들은 쭈뼛거리다가 배고픔을 참지 못하고 신도들을 따라 손을 들었다.

"밥은 없나요? 반지하에 갇혀서 시리얼만 먹었어요. 김치에 쌀밥만 먹어도 좋을 텐데."

까탈스러운 의사가 눈치를 보며 말했다.

"시리얼은 완성형 요리예요. 특히 멸망을 대비해 제작한 이 한정판 그래놀라에는 모든 영양소가 들어 있죠. 맛은 말할 것도 없고요."

남윤지는 의사의 말을 단칼에 잘랐다. 텔레비전에선 사상 유례없는 우유 비가 쏟아지고 있다는 보도가 흘러나왔다. 인질, 아니 구원받은 존재들은 단독주택 곳곳에 옹기종기 모여 앉아 시리얼을 먹었다.

무심코 뉴스 화면을 본 알바생의 눈이 휘둥그레졌다.

"저기 보이죠? 제가 자취하는 골목이에요."

차들이 원룸촌 골목을 덮은 우유를 힘겹게 헤치고 나아가고 있었다. 건물 반지하는 이미 잠긴 모습이었다.

"봐요, 여기가 안전하다고 그랬죠?"

남윤지는 보기와 다르게 벌써 세 그릇째 시리얼을 우유까지 비웠다.

"언제까지 우유가 내릴까요?"

루디가 묻자 장현숙은 시리얼 가루를 넣어 만든 모래시계를 가져왔다.

"그래놀라가 직접 만들라고 명하신 시계예요. 워낙 감정기복이 심한 분이긴 하지만 이 시계가 다 끝날 때까지는 심판이 계속될 거예요. 시리얼은 우유비가 그친 다음에야 떨어질 거고요. 시리얼을 나중에 부어 바삭바삭한 식감을 살리는 게 그분 취향이거든요."

시리얼 신도들은 텔레비전 앞에 모여앉아 어떤 드라마를 볼지 싸우고 있었다. 긴 항해가 될 것이었다. 1층 창문 밖은 어느새 우유로 뒤덮였다. 루디는 하얀 액체의 안개를 물끄러미 보다가 비명을 질렀다. 시체 하나가 밀려와 유리창에 텅, 하고 부딪혔다.

"커튼을 칠까요?"

남윤지가 말했다. 루디는 고개를 끄덕였다.

장현숙은 단독주택을 잠수함 모드로 전환했다. 땅에 박혀 있던 건물이 우지끈 소리를 내며 서서히 떠올랐다. 다행히 시리얼을 엎지른 존재는 없었다. 낡은 벽돌과 시멘트가 떨어져 나가자 특수 제작된 잠수함의 매끈한 위용이 드러났다. 잠수함은 단독 주택뿐만이 아니었다. 도시 곳곳에는 시리얼 신도들의 잠수함이 볼품없는 건물로 위장하고 있었다.

잠수함에 탑승하지 못한 시민들은 근처 빌딩으로 향했다. 익사하지 않고 살아남으려면 그 방법뿐이었다. 하지만 아파트에 들어가려면 로비 비밀번호를 풀어야 했다. 올라가게 해달라고 문을 두드리다가 많은 사람이 우유에 휩쓸려 죽었다. 조경석으로 문을 부순 사람들은 살아남아 계단을 올랐다.

"도와주세요! 몸이 흠뻑 젖었어요!"

고층에 사는 사람들은 현관문을 걸어 잠그고 떨었다. 우유에 젖고 배고픈 사람들은 말과 행동이 거칠었다. 그들은 복도에서 방황하며 문을 두드렸다. 어중간한 층수에 살던 사람들은 점점 차오르는 우유를 보다가 결국 문을 열고 나와 외부인들과 같은 처지가 되었다.

천둥 번개와 함께 무섭게 쏟아져 내리는 우유를

도시는 당해낼 수 없었다. 웬만한 건물의 10층까지 잠긴 상황에서 정부에서는 지하철에서 소란을 피우던 시리얼리스트들의 지명수배를 내렸다. 뭘 해야 할지 모를 때는 일단 악당이 필요했다.

"놈들을 잡아서 이유를 알아냅시다."

"배후에 뭔가 있을 겁니다."

"좋아요, 누가 그놈들을 잡죠?"

정부 건물은 모두 우유에 잠겨버렸다. 경찰도, 군도 동원할 수 없었다. 대통령은 옥상에서 헬기를 타고 근처 아파트 42층으로 대피했다.

"여기 집주인은?"

"모르겠습니다, 밖에서 죽은 것 같습니다."

"그거 참. 되게 심각한 상황 같네."

높은 층에서 내려다보니 구름 위에 올라온 것 같았다.

어떤 드라마를 볼지 싸우던 잠수함 속 존재들은 드라마고 뭐고 지쳐 쓰러졌다. 몰골은 추해졌고 시리얼 그릇은 쌓여갔다.

장현숙은 지친 이들을 깨워 의식을 준비했다.

"여러분, 우리 그래놀라께 다시 구원을 요청드릴

까요?"

그들은 정신을 차리고 둥글게 둘러앉아 노래를 불렀다.

"오 그래놀라시여, 죄를 범한 어리석은 인류를 구원하여 주시옵소서!"

하지만 노랫소리가 작았는지 곧 운석처럼 거대한 시리얼들이 도시에 떨어지기 시작했다. 시리얼이 떨어질 때마다 하늘 높이 우유의 파도가 솟아올랐다. 그 위력에 까마귀도 몰티즈도 오들오들 떨었다. 극악무도한 남윤지도 그때만큼은 놀라서 눈썹이 올라갔다. '시리얼 찬가'를 모르는 루디는 눈을 반쯤 감고 입을 벙긋거리다가 잠수함이 흔들리자 구석으로 데굴데굴 굴러가고 말았다.

길게 설교를 시작하려던 장현숙은 한숨을 쉬었다.

"휴, 아무래도 늦은 것 같죠?"

모두가 바닥에 넝마처럼 뒹굴 때, 장현숙은 그래놀라와의 교신을 시도했다. 신의 답변은 간단했다.

"흥!"

이렇게 잘 삐지는 신이라니. 잠수함이 무사하길 기도하는 수밖에 없었다.

멍을 때리는 것도 지겨워진 루디는 벌레처럼 기어서 남윤지의 곁으로 갔다. 남윤지는 벽에 등을 기대고 바닥에 단도로 낙서를 하고 있었다. 어쩌다 지구까지 왔느냐는 남윤지의 물음에 루디는 그동안의 일들을 얘기해주었다. 한참 대화하며 둘은 서로의 공통점을 발견했다. 잘 모르는 사람에게는 너무 쉽게 마음을 여는데, 정작 알고 지낸 사람에게는 한없이 냉소적이라는 것부터, 그림자를 물고 놓지 않는 동화 속 개처럼 순간 찾아온 공허를 지나치지 못한다는 것까지.

"운이 나빴네요. 하필이면 대재앙을 코앞에 둔 행성에 찾아오다니."

"어쩌면 좋은 건지도 몰라요. 제가 기억하지 않으면 사라질 이야기들을 만났으니까요."

루디는 그렇게 대답하고는 쑨디의 말을 떠올렸다. 아마도 5,000회 특별방송이었을 것이다.

'언젠가 누구도 제 농담에 웃어주지 않는 날이 오겠죠. 모두 떠나간 불 꺼진 파티장에, 제작진도 저를 버리고 철수해버리고요. 그럼 저는 어떻게 해야 할까요? 아무나 나 좀 사랑해달라고 우는 건 변태 같잖아요. 아, 특정 게스트를 겨냥한 발언은 아닙니다만…… 뭐, 어쩌겠어요. 헛소리나 계속해야죠. 제 혈관에는 피 대신 헛소리가 흐르거든요. 그러다 혈관이 꽉 막히는 날에는 짐 싸야죠. 아무도 듣지 않는 농담처럼, 어디론가 훌쩍.'

루디는 남윤지에게 마지막 사연을 들어보기로 했다. 이유는 단순했다. 방송이 나가든 말든, 이야기가 있는 게 없는 것보다 나으니까.

"여기서 별별 일을 다 겪었지만, 처음에 윤지 씨가 하는 말을 믿지 않았어요."

루디가 말했다.

"어떻게 재앙을 확신할 수 있었던 거죠?"

남윤지는 씩 웃더니 의외의 대답을 내놓았다.

"사실 나도 안 믿었어요. 내가 그래놀라를 창조하기 전까지는요."

8

결말을 위한 농담

"정원에서 거대한 시리얼 조각을 본 날, 대모님이 말했어요.

'윤지 씨, 내가 왜 이런 말도 안 되는 조각을 만들 었는지 알아요? 비싼 돈까지 펑펑 써가면서?'

그분이 맛이 갔다는 소문이야 업계에 자자했지 만, 얼굴을 보며 말할 수는 없었어요.

'그냥 헛소리를 해보고 싶었어요. 이 조각은 눈에 보이는 헛소리예요.

난 시리얼로 벌 만큼 벌어봤어요. 수많은 도시 사 람들의 아침 식사가 내 돈줄이었죠. 그렇지만 은퇴

하고 나니 공허하더군요. 내 시리얼로 배를 채우고 나면 그런 기분이 들었을까요. 억지로 교양인인 척 유세도 떨어봤지만, 좀처럼 몰입할 수 없었어요. 예술이나 철학에 대단한 비밀이라도 숨겨진 것 같지만, 다들 끼리끼리 맞춰놓은 말들이었죠. 왜 헛소리를 하면서 헛소리가 아닌 척을 할까, 어디다 물어볼 데도 없고 말이죠. 그래서 그냥 헛소리를 위한 헛소리를 해보자, 이걸 만든 거죠.'

아, 대모님은 내가 했던 고민에 이미 오래전부터 골몰해온 분이셨던 거예요.

나는 대표님의 생각에 매력을 느끼면서도, 여전히 풀리지 않는 의문을 갖고 있었죠.

'대모님, 그렇게 세상을 바라보면 너무 외로운걸요. 인생이 전단지처럼 의미 없이 버려진 것 같아서요. 아무 교회나 들어가 기도하고 싶어져요.'

대모님은 미소 지었어요.

'이건 어때요? 헛소리를 직접 창조해보는 거야. 그리고 그 헛소리를 진심으로 믿어보세요. 헛소리라는 걸 알면서도 믿는 건, 모르고 믿는 것과 다르지 않겠어요?'

나는 대모님의 제안으로 시리얼로지 경전을 썼어요. 존재하지 않는 신의 음성이 들린다고 생각하며 신도들을 위한 의식도 설계했죠. 시리얼에 대해서라면 누구보다 자신 있었지만, 그런 말도 안 되는 이야기를 써보는 건 처음이었죠. 헛웃음이 나오는 신화와 엉터리 규율을 써놓고 이래도 될까, 싶으면 대모님이 '고작 이 정도?'라며 웃었어요.

신기하게도 시리얼로지를 쓰는 동안 오랜만에 공허 없이 시간을 보낼 수 있었어요. 에스컬레이터를 탄 것처럼 그동안의 괴로운 감정으로부터 나도 모르게 멀어진 거죠.

내가 공허를 이겨낸 걸까?

스스로에게 물어보았지만, 아무래도 그런 대단한 일을 해낼 만큼 나는 단단하지 않았어요.

아니나 다를까, 며칠 경전을 쓰지 않자, 다시 공허가 밀려왔죠. 불안, 외로움, 우울… 하루하루를 물들이는 끔찍한 것들이 마음에 따라붙었어요.

나는 그것들과 멀어지기 위해 다시 헛소리를 썼어요.

그렇게 하루하루가 지나갔어요.

어떤 날에는 이렇게 헛소리를 많이 하다니! 스스로가 우스웠죠.

또 어떤 날에는 오늘은 헛소리조차 하지 못했어! 머리를 팡팡 치며 울었어요.

스스로가 한심하게 느껴졌지만 관둘 수 없었어요. 의미가 있어서가 아니라, 단지 시작을 했기에 끝도 있어야 한다는 강박 때문이었죠."

완성된 경전을 본 장현숙은 만족스러워했다. 이제 본격적인 전도를 할 시간이었다. 남윤지는 신도들을 따라 도시를 떠돌며 신성한 말씀을 노래했다. 쑥스러움과 체면은 잠시 접어두었다. 혼자라면 절대 못 했을 기행도 여럿이 함께하니 할 수 있었다. 목청을 높일수록 자신감이 붙었다. 지하철 광인들은 영역을 잃은 사자처럼 슬그머니 자리를 피했다.

"그러다 놀라운 일이 일어났어요. 기적은 잽처럼 쪼개지지 않고 훅, 머리를 강타하더라고요. 어느 날, 그래놀라가 우리에게 말을 건 거예요."

"뭐라고 하던가요?"

"안녕! 이라고요."

"안녕! 이라니. 귀엽네요. 그래서 뭐라고 대답했나요?"

"고마워! 라고 했죠. 우리 앞에 나타나줘서 고마워! 라고요."

그때 우유 바다를 시리얼이 강타하며 잠수함이 휘청거렸다. 루디와 남윤지는 데굴데굴 굴렀다.

"으악!"

루디의 단단한 머리에 부딪혀 남윤지는 코를 움켜쥐었다.

"윤지 씨, 괜찮아요?"

"코뼈가 부러졌나 봐요."

"어디 봐요. 멀쩡한데요?"

"말이 그렇다는 거죠. 아까 내가 겁을 좀 줬으니, 한 번만 봐줄게요."

"고마워요, 역시 윤지 씨는 협박보단 용서가 잘 어울리네요."

"헛소리하지 마요, 귀엽지만 않았으면 우유 바다에 진즉 집어 던졌을 거야."

"헛소리가 좋다면서요?"

"말이 그렇다는 거죠. 말이."

자기 얘기를 한다고 성깔을 부린 그래놀라는 다시 다른 지역에 시리얼을 투하했다.

처음 남윤지가 만든 세계관은 행성을 멸망시키는 것까지는 아니었다. 그저 우유 비가 내리고, 우박처럼 시리얼이 떨어진다는 상상이었다. 하지만 경전을 읽어본 그래놀라는 더 큰 규모의 이야기를 원했다.

"'아무래도 그래야 할 것 같아'라고 그래놀라가 말했어요. 일리 있는 말이었죠. 그래서 우리는 시리얼로지 경전을 수정했어요. 정말 신의 말씀이 경전에 담기게 된 거죠."

시리얼은 떨어져도 폭발하지 않았다. 인류를 말살할 병균을 품고 있지도 않았다. 시리얼은 그저 시리얼이었다. 바삭하고 고소하고 너무 많이 먹으면 입안이 텁텁한.

우유로부터 살아남은 가장 높은 건물의 층도 시리얼의 심판을 피하지 못했다. 바닥부터 쌓인 시리얼들은 섬처럼 우유 사이에 솟아났다. 우유가 내린 지 24일이 지나서야, 혼란스러운 날씨가 지나고 하늘과 바다에 고요가 찾아왔다.

"이제 시리얼만 보면 토할 것 같아요."

루디가 말했다.

"신성모독 하지 마요."

남윤지는 그렇게 말해놓고 자기가 먼저 토했다.

잠수함에서는 몇 번의 반항 움직임이 있었다. 이렇게 시리얼만 먹으며 살아남느니 차라리 죽겠다는 얘기가 나왔다. 장현숙의 대응은 간단했다.

"그럼 먹지 마세요."

반항 세력은 며칠간 단식 투쟁을 전개했지만, 결국 배고픔 앞에 항복했다.

"윤지 씨, 안 씻으니까 참 못생겼네요. 우리 동생도 그렇게 안 씻는데."

"씻을 필요가 있나요. 온 세상이 그래놀라님의 피로 정화되었는데."

"더러워."

"그 떡진 오렌지 껍질이나 어떻게 해봐요."

"미용사가 없는데 어떡해요."

"그러네. 미용사도 한 명 구원해줄 걸 그랬어."

루디는 꾀죄죄한 남윤지의 얼굴을 볼 때마다 슬슬 웃음이 나왔다. 이유는 모르겠는데, 어처구니없이 마음이 끌려서 그랬다. 분명 더 친해지면 미워할 구석을 발견하겠지, 부정적인 생각 역시 때를 놓치지 않고 따라붙었다.

빛나는 라디오국에서는 여전히 구디가 진행을 맡고 있었다.

구디는 디제이가 먹을 수 있는 욕이란 욕은 다 먹었다. 게불루 총독은 청취자 게시판을 폐지하고 전화선도 다 끊어버렸다. 구디를 걱정해서라기보단 총독을 욕하는 글이 더 많아서였다. 사실 말을 안 해서 그렇지, 총독은 꽤 상처를 받았다. 별볼을 건드리기 전에도 성격 더러운 지도자로 유명해 은하계에서 조롱거리였지만, 별볼을 차지하고 나니 얼마나 자신을 싫어하는 사람이 많은지 실감이 났다.

은하 곳곳에서 날아온 청취자들은 방송국 주변을 에워싸고 시위를 벌였다.

"총독은 물러나라! 구디도 물러나라! 별볼에서 게불루 찬양이 웬 말이냐!"

"그만 좀 질질 짜라! 우는 것도 재미없다!"

총독은 매일 게스트로 나와 아무도 궁금해하지 않는 자신의 어린 시절을 청승맞게 떠들어댔다. 강인한 겉모습에 가려진 순수한 소년성을 드러내야 한다는 게 '독재자 이미지 컨설턴트'의 주장이었다. 컨설턴트는 먹기만 하면 인기가 많아진다는 보약을 집무실에 납품해 거액을 챙기고 슬슬 자리를 뜨려고 간을 보고 있었다. 약의 효과 덕분인지 시위대는 날이 갈수록 늘어났다.

"그만 좀 밀어요! 우리도 여기 있고 싶어서 있는 거 아니니까!"

게불루의 군인들은 시위대와 대치하면서 쑨디를 그리워했다. 부대에서 몰래 별볼을 틀고 키득거리던 시절이 좋았다는 한탄만 여기저기서 들려왔다.

작가들이 모두 난간에 묶이는 바람에 오프팅 멘트를 쓸 사람 하나 남지 않자, 축축한 라디오국의 작가들이 자리를 대신했다. 이럴 거면 뭣 하러 네르텔까지 왔는지는 몰라도 어쨌든 방송은 계속되었다. 구디는 오프닝부터 은하계 유명인사들의 자극적인 소식을 떠듬떠듬 읽어나갔다. 소재가 없는 날에는 죽은 쑨디 욕을 했다. 당연히 청취율은 바닥을 쳤고, 사연을 보내오는 사람도 없었다.

뭐라도 좀 해보려던 네르텔 대통령은 행성을 쑥

대밭으로 만들겠다는 총독의 협박에 좌절하고 혼자서만 끙끙 앓았다. 다른 행성에서도 말로만 별볼을 위로할 뿐 군사 개입은 꺼렸다. 네르텔에선 시위대와 군인들 모두 배가 고파 칭얼거렸다. 의욕이 넘치던 게불루 총독은 슬슬 졸음을 참을 수 없었다. 막상 구디의 방송을 계속 듣고 있자니 재미가 없어도 너무 없었다. 그는 홧김에 구디를 자르고 송디를 투입했다. 송디는 총독이 아끼는 참모의 조카였다. 송디는 아침 잠이 많아서 원고를 읽다가 잠들어버렸다. 분노한 총독은 다시 디제이를 갈아치웠다. 둘디, 멍디, 뮬디, 소디, 혜디…… 이름만 그럴듯한 디제이들이 스쳐 지나갔다.

한편, 그래놀라가 잠잠해지자 대모 장현숙은 마침내 잠수함을 수면 위로 올리기로 결정을 내렸다.

오랜만에 만난 햇빛은 천사들의 로션처럼 부드러웠다. 장현숙은 달 표면에 처음 방문한 우주비행사처럼, 거대한 시리얼 섬에 발을 내디뎠다. 바람을 타고 고소한 우유향이 코끝에 밀려왔다.

"아아, 그래놀라시여, 끝내 자비를 베풀어주셔서 감사합니다."

모두가 몸을 기울여 시리얼 대지에 입을 맞췄다.

우유 바다는 끝도 보이지 않게 펼쳐져 있었다. 잠수함에서 나온 존재들은 해변에 온 것처럼 시리얼 위에 자리를 잡았다. 그들 앞으로 거대한 우유 거품이 천천히 바람을 따라 움직였다. 까마귀가 날아오르자 거품은 톡, 하고 터져버렸다.

"우유가 완전히 마르는 날이면 새로운 문명이 시작될 거예요."

남윤지가 말했다.

"그게 윤지 씨가 쓴 결말인가요?"

루디의 질문에 남윤지는 곰곰이 생각해보다가 알 수 없다는 결론을 내렸다.

"글자를 입력한 건 저이지만, 어느 순간 그래놀라가 이야기에 개입하기 시작했으니까요. 신의 음성을 받아적었다가, 다시 거역했다가…… 혼란스러운 과정이었어요. 그쯤 되면 어디까지가 저의 헛소리인지 알 수 없는 거죠."

루디와 남윤지는 이리저리 뒹구는 길고양이를 따라 자리에 누웠다. 도시의 모든 풍경이 하얗게 잠겼다. 좁은 골목과 단칸방과 발길이 뒤엉키는 생활인들의 정류장이 사라졌다. 재앙이라기엔 너무나 아름다운 우유 바다 밑에.

이 모든 일이 한 줄의 농담에서 시작되었다니, 루디는 감탄하면서도 바다에 잠겨 있을 존재들을 하나둘씩 떠올렸다. 눈앞의 풍경에 감탄해야 할지, 사라진 존재들을 떠올리며 슬퍼해야 할지 알 수 없었다.

어쩌면 좋은 결말일지도 몰라. 삶을 견디느라 늘 버거워하던 존재들이었으니까.

루디는 아무도 들리지 않게 중얼거렸다. 나쁜 말이라는 걸 알아서였다. 그건 자기 자신을 향한 말이기도 했다. 왜 냉소적인 사람은 솔직함을 핑계로 위악을 찾는지 루디는 자신을 또 냉소했다. 루디는 다정한 사람이 되고 싶었다. 다정한 사람은 행복해 보였으니까. 하지만 냉소는 그보다 훨씬 쉬워서 중독성이 있었다. 일시정지 버튼을 누르듯 즐겁게 흘러가는 이야기를 멈춰 세우고 모순을 끄집어냈다. 세상이 얼마나 끔찍한지, 자기 자신이 얼마나 비참한지 생각하다 보면 밤이 훌쩍 지나갔다. 그렇게 자신을 괴롭혀봤자 달라지는 건 없는데도.

루디의 머릿속은 곧 풀리지 않는 의문들로, 실없는 공상들로, 왜 떠오르는지 알 수 없는 불안과 안도감, 적개심과 평화로움, 강박과 게으름, 그리고 수많은 이야기로 가득 찼다.

"무슨 생각해요?"

한참 말이 없자 남윤지가 물었다.

"나도 모르겠어요. 자꾸 생각이 자라는걸요. 생각이 자라는 소리를 들으면 다른 생각이 또 불쑥 고개를 내밀죠."

"잠깐이라도 머리를 비워봐요. 저 복잡한 도시가흔적도 없이 잠긴 것처럼요."

남윤지가 살아온 도시는 루디의 머릿속만큼이나 복잡했다. 도시는 남윤지의 마음이나 마찬가지였다. 도시의 냄새와 기온, 사람과 벌레, 교통체증과 빌딩의 그림자가 남윤지가 누구인지를 규정했다. 기쁠 때는 가로등 불빛처럼 웃었고, 슬플 때는 횡단보도에 쏟아지는 인파처럼 울었다. 다른 방식으로 살아간다는 게 어떤 것인지, 남윤지는 알 수 없었다.

도시가 사라지자 남윤지는 자신의 마음도 사라

져버린 것만 같았다. 지긋지긋하게 끓어 넘치던 그 마음이.

"윤지 씨, 새로운 도시가 나타나면 그곳에서는 다들 걱정 없이 살까요?"

루디가 묻자 남윤지는 웃으면서 고개를 저었다.

"아마 그래놀라가 다른 작가를 구해야 할 거예요. 나는 그런 세계를 상상할 능력이 없거든요."

하나둘씩 시리얼리스트들의 잠수함이 수면 위로 올라왔다. 다세대주택과 빌라, 저층 상가가 차례로 모습을 드러내자 작은 수상 도시가 생긴 것 같았다. 루디는 지친 모습으로 섬에 오르는 무리 중에서 영디를 발견했다.

"나 좀 부축해줘. 배불러서 못 걷겠어."

"시리얼을 얼마나 먹은 거야?"

"햇빛도 못 보고 스트레스만 받으니까 배라도 불러야지. 나 있잖아, 디제이가 될 자격이 없나 봐. 자제력이 이렇게 없으니 어떻게 쏜디처럼 매일 방송을 뛰겠어. 돌아가면 다 됐고 밥 맛있는 거 주는 데서 일할 거야."

불룩 튀어나온 영디의 배를 보며 루디가 웃음을

터뜨리고 있을 때, 장현숙은 삐졌던 신과 다시 교신하는 데 성공했다.

"안녕?"

"오, 신이시여, 저희를 구원하소서!"

"구해줬잖아. 호들갑 좀 그만 떨어."

그래놀라는 까칠하게 대답하고는 조금 미안했는지 상냥하게 말을 이었다.

"만들어놓은 게 아까워서 원래 세계는 다른 행성에 복사해뒀어. 우유가 다 빠지면 좀 더 괜찮은 세계를 만들어볼 거야. 그 섬은 있을 만해?"

루디와 영디는 혼자 중얼거리며 신성한 교신 중인 장현숙을 보고 있었다.

"정말 신이 있긴 있나 보네."

루디가 말하자 영디는 헛소리를 덧붙였다.

"신이면 집에 가게 비행택시나 불러달라고 할까. 요금이 얼마나 나올지 상상도 안 되는데."

그때, 맑은 하늘에 벼락 한줄기가 내렸다. 너무 사극 톤으로 자신을 대하는 장현숙에게 싫증이 난 그래놀라가 답답해서 내려온 것이었다. 벼락은 소화가 안 돼서 고생하던 영디에게 상쾌한 충격을 주었다. 영디의 몸은 부침개처럼 공중에서 뒤집혔다가 떨어졌다.

"영디야!"

루디가 영디의 몸을 흔들자, 영디는 부르르 핸드폰처럼 진동하더니 눈을 떴다. 그리고 말했다.

"내가 누군지 알겠어?"

"우린 망했어요. 이제 별볼 없이 어떻게 살죠?"

사연을 찾으러 떠났던 불운한 오디션 지망생들은 상심에 빠져 돌아올 채비를 했다. 지망생들이 모인 단체 메신저에는 불평과 자기연민의 메시지가 쏟아졌다.

"별볼 있을 때가 좋았지, 하면서 살아야죠."

"쏜디였다면 지금쯤 기가 막힌 농담 하나를 던졌을 거예요."

"우린 쏜디가 아니잖아요."

"우린 대체 뭘까요. 할 줄 아는 것도 없고."

"우울한 소리 그만 해요! 안 그래도 그럴듯한 농담을 하고 싶은데 생각이 안 나니까 우울하단 말이에요!"

지망생들은 하나둘씩 네르텔 행성으로 향했다. 이대로 집에 돌아가긴 너무 아쉬워서였다. 시위 현장에는 의욕 없는 군인들과 생각보다 시위가 재미없어 하품을 하는 시위대가 지루하게 대치하고 있었다. 디제이 지망생들은 할 줄 아는 거라곤 헛소리뿐인 데다 시위대 맨 앞에 서기에는 겁도 많아서 후방에 자리를 잡았다.

　　"아, 아, 들리세요?"

　　그래도 힘들게 취재해온 사연이 아까웠던 '틸디'라는 지망생이 버스킹을 하듯 사연을 읽기 시작했는데, 그게 유행이 될 줄은 본인도 알지 못했다. 일단 이야기를 시작하자 듣는 사람들이 모였고, 그들은 자연스럽게 틸디를 디제이라고 불렀다.

　　이렇게 시작해도 되는 걸까? 틸디는 쑨디를 보며 디제이를 꿈꿔왔지만 막상 자신이 그렇게 불리자 당황스러웠다. 게다가 그곳은 방송국도 아니었다. 최소한의 장비만 차려놓은 간이 스튜디오였다.

　　"이봐요, 사연 더 없어요? 재밌어서 그래요."

　　군인 하나가 손을 들고 말했다.

　　"아니, 군인이 여기 있어도 돼요?"

시위 나온 시민이 놀리듯 묻자, 군인은 되물었다.

"뭐, 어때요? 재밌잖아요."

예상외로 뜨거운 반응에 틸디는 흥분해서 목이 쉬어버렸다. 죽을 듯이 기침을 하자 청취자들이 '아이고, 저런, 고생하네'라며 따뜻한 차를 사다줬다. 고마운 마음에 조금씩 목을 축이다 보니 나중엔 볼일을 참느라 머리가 하얘졌다.

틸디의 시도에 용기를 얻은 다른 지망생들도 어엿한 디제이가 되어 해적 라디오를 시작했다. 모든 것이 즉흥이었고 그래서 서툴렀다. 캉디는 노래 트는 법을 몰라 헤매다가 자기가 마이크를 잡고 노래를 불렀다. 느끼해서 썩 듣기 좋은 목소리는 아니었다. 연디는 즉석에서 시민을 게스트로 섭외했다. 연디와 시민 모두 농담을 잘 못해서 누가 가장 재미없는 멘트를 치나 대결했다.

콩디는 낯을 많이 가리는 성격 탓에 어떤 사연도 구하지 못한 디제이였다. 청중 앞에 서자 목소리가 오래 삶은 채소처럼 흐물흐물해져서 눈물이 왈칵 나올 뻔도 했다. 다행히 한 시민이 시위용으로 갖고 나온 해골 인형탈을 건넸는데, 그걸 쓰고 나서야 마음이 진정되었다. 콩디는 즉석에서 헛소리를 시작했다. 비 오는 날마다 소풍을 떠나는 독서클럽에 대한 이야기였다. 책은 불씨처럼 마음을 타오르게 하는 위험한 물건이기 때문에, 비 오는 날이 책을 읽기 제일 안전하다고, 눈앞이 잘 안 보이는 콩디가 말했다. 은하계는 넓기에 사연이 진실인지는 아무도 검증할 수 없었다. 어차피 별볼 청취자들에게 그런 건 중요한 문제가 아니었지만 말이다.

영디의 몸에 들어온 그래놀라는 성격도 까칠하고, 아닌 척하면서 뒤끝도 장난 아니었다. 물론 그래놀라 입장에서도 할 말은 있었다.

"난 지구인이 제일 싫어."

"그래놀라님이 지구인을 만들지 않았나요?"

루디가 시리얼로지를 언급하자 영디, 아니 그래놀라는 한숨만 푹푹 쉬었다.

"이렇게 오류가 매일매일 생길 줄은 몰랐지. 만들고 내버려두면 알아서 잘 굴러갈 줄 알았어."

그래놀라가 매일 모니터 앞에 앉아 오류를 수정하는 데도 지구에는 끊임없이 문제가 일어났다. 수십억의 인간 개체 중 고작 몇 사람의 결정이 행성 전체를 뒤흔들었다. 잠깐 방심한 사이 서로가 긴밀하게 연결된 탓에 창조주도 함부로 건드릴 수 없는 체계가 돼버렸다.

"원래 이렇게까지 열심히 살 생각은 아니었어. 난 창조주로서 재능이 없는 편이니까. 그런데 만들다 보니까 자꾸 눈에 걸리는 게 보이고, 문제를 해결하면 또 다른 문제가 나오더라고. 정말 징글징글했어. 이렇게 지구가 완전히 망할 때까지 에너지를 소모하느니 잠깐 쉬어가기로 했지."

루디는 혹시 영디가 접신한 척 헛소리를 하는 건 아닌지 의심스러웠지만, 전망이 안 좋다고 시리얼 섬 하나를 염력으로 옮기는 모습에 믿지 않을 수 없었다.

"이 친구는 외계에서 왔어요."

남윤지가 알려주자 그래놀라는 고개를 끄덕였다.

"외계인들 왔다 갔다 하는 거 관리는 손 놓은 지 꽤 됐어. 지구인들 문제만 해도 산더미거든. 지구에 들어와도 딱히 하는 것도 없던데. 넌 왜 온 거야?"

루디의 이야기를 들은 그래놀라는 웃음을 터뜨리더니, 이내 곰곰이 생각에 빠졌다.

"내가 이래 봬도 다른 행성 건드렸다가 살해 협박 당한 전적이 있지. 수원지만 골라가며 오염시켰다가 다른 신이 내 오프라인 주소를 알아내서 한동안 집 밖에도 못 나갔어."

뭐가 좋은지 킥킥거리는 데 루디는 좀생이 같다는 말이 생각났지만, 입 밖에 내지는 않았다.

"그래도 지구에 온 손님인데, 가우스 뭐시기라도 해줄까? 잠깐, 검색해볼게. 가우스, 아니 데우스… 엑스 마티나? 마키나구나. 아무튼."

그래놀라는 의사에게는 김치에 흰 쌀밥을, 고양이들에게는 참치캔을, 빵집 알바생에게는 알바를 그만하라고 현금을 선물로 주었다.

그러곤 루디의 손을 잡았다. 루디와 그래놀라의 피부가 미러볼처럼 번쩍이기 시작했다.

"윤지 씨……."

"가서 잘하고 와요! 지구 다 고치면 다시 놀러 올 거죠?"

"알았어요. 또 멸망 당하지 말고 잘 있어요……."

시리얼리스트와 구원받은 존재들이 손을 흔들려는 찰나, 그래놀라와 루디는 정체를 알 수 없는 소리와 함께 공중으로 치솟았다. 쑹, 으로 들리고 풍, 으로도 들렸다고, 다만 몇몇 사람은 쌍, 으로 들은 것 같다고 남윤지는 시리얼로지 제 23장 12절에 기록했다.

달까지 가는 시간은 클릭 한 번처럼 금방이었다. 루디와 그래놀라가 접근하자 크레이터 입구가 열렸다. 그래놀라의 작업실이었다. 암흑 같은 삼차원 공간에 심해어처럼 빛나는 숫자와 글자들이 떠다니고 있었다.

"여기 오는 것도 오랜만이네. 그 자식 뭘로 끝장내줄까? 말만 해봐."

그래놀라는 신이 나서 심심풀이로 개발한 재앙들을 보여주었다. 루디는 처음 본 설정부터 끔찍해서 얼굴을 찡그렸다. 사람들이 서로 악수만 해도 하늘에서 아기들이 빗방울처럼 쉴새 없이 떨어지는 '스콜형 베이비붐'이었다. 주로 행성의 사회 시스템을 아기자기하게 잘 설계하는 신들을 돌아버리게 하는 데 딱이었다.

'캐펠킹파칸힐빌 가스'는 더 무시무시했다. 캐슬펠

리스킹덤…… 아무튼 상당히 긴 이름을 줄여 부르는 이 가스는 행성의 모든 집을 생물로 변형시켰다. 대출을 땡겨 받아 산 집이 어느 날 병에 걸려 죽기라도 하는 날에는 주민들이 밤새 통곡을 했다. 한 집이 다른 집을 잡아먹은 날에는 주민들 간에 처참한 전쟁이 벌어졌다.

대체 왜 이런 프로그램들을 만드는 건지, 성격이 괴팍한 사람이 기술을 배우면 이렇게 위험하구나, 루디는 생각했다. 게불루 총독 하나 잡자고 저런 것들을 골랐다가는 네르텔이 아작나겠구나 싶었다.

"저렇게 어마어마한 게 필요하진 않아요. 그냥 무식한 아저씨 하나 치우면 되거든요."

루디의 고민이 길어졌다. 막상 힘이 주어지니 산뜻하면서 귀여우면서 뭔가 그럴듯했으면 좋겠다는 생각이었다.

"빨리 골라, 엄마가 밥 먹으러 오래."

그래놀라가 재촉했다.

"뭐라고요?"

"밥 식으면 혼난다고. 요즘 맨날 시리얼로 때운다고 잔소리 듣느라 고생이야."

"아니, 신이 무슨 그래요?"

"엄마 집에 얹혀사는데 신이 무슨 소용이야."

루디는 머뭇거렸다.

"그럼 이걸로 해. 안 그래도 한번 써보고 싶었어."

그래놀라는 허공에 뜬 입력창에 '무의미 구름'을 입력했다.

"잘 있어, 나중에 봐!"

다시 벼락이 쳤다. 밥 먹으러 간 그래놀라가 빠져나가고, 영디가 눈을 떴다.

"이제 좀 살 것 같다. 소화가 다 됐어. 근데 여긴 어디야?"

달 속 깜깜한 공간은 점점 수축하더니 루디와 영디를 품은 하나의 알약이 되었다.

알약은 미사일처럼 네르텔로 날아갔다.

알약은 콩, 하고 떨어졌다.

시위대와 디제이와 군인들이 바글바글한 빛나는 라디오국에 짧지만 강렬한 빛이 빛났다.

거대한 버섯구름이 하늘 높이 피어나더니 연기로 된 글자만이 공중에 남았다.

그건 그래놀라가 네르텔 행성의 창조주를 놀리

는, 아주 저급하고 유치한, 그래서 더 열 받는 문구
였다.

다행인지 불행인지 네르텔을 만든 창조주는 행성
을 만드는 일을 때려치우고 컴퓨터 밖에서 방황 중
이었다. 개나 소나 행성을 만든다는데, 아무래도 그
의 적성에는 맞지 않는 것 같아서, 네르텔은 잡초가
무성한 잔디밭처럼 버려져 있었다.

'무의미 구름'의 효과는 단순했다. 행성에서 모든
'의미'를 삭제하는 것이었다. 오직 '무의미'한 것들만
이 살아남았다.

죽지 않아서 다행이야.

루디는 이렇게 생각했다가도 그 좀생이 신이 자
신을 놀리는 것 같아서 살짝 분했다.

알약 미사일은 라디오국의 기둥 하나 파괴하지
않았다. 시위대도 군인들도 멀쩡했다. 대신 군인들
이 입은 군복이 모두 녹아 사라져서 다소 민망한 상
황이 되었을 뿐이었다. 루디와 영디는 라디오국에
들어가 총독을 찾았다. 하지만 스튜디오 안에는 무
식한 총독도, 부모를 잘 만난 무능한 디제이도 없었
다. 어린아이 둘이 라디오 원고로 종이비행기를 날

리며 놀고 있었다.

"어느 쪽이 총독일까?"

루디가 물었다.

"딱 보니까 쟤네. 저기 지금 뛰다가 넘어진 애. 아무튼 되게 일찍부터 의미 있게 살았나 보다."

영디가 비아냥거렸다.

"이상하게 나한테 의미 있는 건 다 무의미한 거였나 봐."

루디는 중얼거리며 넘어져 울고 있는 아이를 일으켜 세웠다.

"울지 마, 울면 더 못생겼어."

에필로그

…음, 제가 어디까지 얘기했죠? 음악 듣고 오니까 까먹었네. 자꾸 음악 취향이 왜 그 모양이냐고 그러시는데, 다들 슬픈 노래 좋아하시나 봐요. 슬픔을 쥐어짜서 눈물이 줄줄 나는 노래들 말이에요. 제가 헛소리 하나만 하죠. 여기는 '루디의 라디오'니까요.

저는 슬플 때 농담을 해요. 우주에 홀로 버려진 것 같으면 헛소리가 더 잘 나오더라고요. 가사는 슬퍼도 멜로디는 신나는 노래가 좋지 않나요? 얼음이 빨리 녹기를 바란다면, 커피 속에 가만히 두지 마세요. 얼음을 춤추게 하세요. 얼음이 추는 막춤이 얼마나 귀여운데요.

알았어요, 다들 헛소리 좋아하면서 또 헛소리한다고 뭐라 하시네. '무의미 구름'이 터진 뒤 네르텔에는 무의미한 존재들만 남았어요. 그 좀생이 신이 어디서 다이제스트 철학책이라도 읽은 모양이죠. 원래자기 인생이 무의미하다는 소리는 한없이 늘어놓고 싶지만, 남이 그렇게 말하면 기분 팍 상하잖아요. 하여튼 참 뭐 같은 신이긴 하죠?

총독이 사라진 빛나는 라디오국에는 제작진이돌아왔어요. 단체로 감기에 걸린 탓에 다들 제정신은 아니었지만, 모두 얼싸안고 기쁨을 누렸어요. 덕분에 아직 걸리지 않은 사람에게도 바이러스가 퍼졌죠. 다 같이 건배를 하는 대신 감기약을 입에 넣고 물을 들이켰어요. 약 기운에 취해 몽롱한 눈빛으로 총독이 어지럽힌 라디오국을 청소했죠.

시위대도 청소를 도와주겠다는 핑계로 라디오국을 구경했어요. 저도 영디와 함께 복도에 걸린 쑨디의 사진을 구경했어요. 그동안 목소리를 주로 듣다보니 인기 스타인데도 얼굴은 오히려 낯설었어요.사실 쑨디의 목소리를 듣고 있으면 어느 순간 저 자신의 목소리를 듣는 기분에 빠지곤 했거든요. 누군가의 말을 귀 기울여 듣다 보면 그런 착각을 하게 되잖아요. 라디오가 좋은 건 그래서인지도 몰라요. 제가 되고 싶은 건 늘 '성공한 나'가 아니라 '다른 사람이 된 나'라서요.

신임 디제이를 뽑는 오디션은 진행하기가 난감해졌어요. 다들 시위대 틈에서 해적 라디오를 방송해서 준비해온 사연을 소진해버렸거든요. 디제이들은 우리끼리라도 투표로 한 사람을 뽑아보자며 해적 연합 방송을 진행했지만, 계획은 계획일 뿐이었죠. 온갖 잡담, 농담, 그리고 험담 끝에 방송시간은 다 지나가 버렸어요.

"우리가 지금까지 무슨 얘기를 한 거죠?"

어느새 디제이 '막디'로 합류한 막내 작가가 묻자 다들 웃기만 했어요. 끝말잇기를 잘하는 라디오국장은 청중 속에서 그들의 수다를 듣고 있었죠. 그렇게 헛소리를 잘 하는 디제이들을 집에 돌려보내기 아까웠나 봐요. 제2의 쑨디를 찾을 수 없다면, 새로운 디제이들의 이야기를 잔뜩 담아보는 건 어떨까? 그런 국장의 생각에 다시 회의가 열렸고, 역시나 돌고 돌아도 최고의 맛집은 국장님이 찍은 곳인 법 아니겠어요?

네, 그렇게 해서 수많은 파일럿 방송들이 생겼고, 저도 지금 여러분과 이야기를 나누고 있는 거죠. 물론 디제이를 병행하느라 학교 성적은 망했고, 미래는 여전히 막막해요. 고정 게스트인 영디랑 친해진 덕에 몸무게도 점점 늘어가고 있죠. 무의미 구름이 있기 전이나 후나 제 삶은 여전히 무의미한가 봐요. 어제도 혼자 중얼거렸어요.

"이건 다 망할 소꿉장난이야. 나는 곧 죽게 될 거야."

하지만 죽지 않았죠. 죽고 싶다고 생각하면 자꾸 농담을 하고 싶어지니까요. 또 남윤지 씨와 지구의 어느 차원에 살아 있을 저의 인터뷰이들을 게스트로 모셔야죠. 아직 장례식에 부를 만큼 친하지 않아서 죽음을 미루기로 했어요.

그래놀라는 행성을 멸망시키는 수많은 잔혹한 결말을 개발해두었지만, 성격이 더러워서 그런지 해피엔딩은 만들지 않았나 봐요. 인생의 모든 문제를 냉소하듯 한 문장으로 정리할 수 있으면 좋을 텐데. 뭐, 어쩌겠어요. 저는 신도 아니고 디제이잖아요. 신이 만든 결말 이후에도 헛소리를 하며 살아가야죠. 또 다른 이야기를 만나길 기다리면서요.

〈끝〉

작가의 말

'생각'이란 단어를 좋아합니다. 생각이 너무 많은 밤이면 이 모든 생각이 어디에서 왔을까 생각합니다. 너무 따뜻한 생각은 의심스럽고, 너무 차가운 생각은 두렵습니다. 그러면서 두 생각에 모두 끌립니다. 생각을 표현하기 어려울 때면 생각을 '농담'으로 바꿔봅니다. 가만히 앉아 농담을 쓰기 시작하면, 조금씩 이야기가 떠오릅니다. 이 소설도 그렇게 썼습니다.

외계인의 시선에서 도시의 삶을 관찰하는 설정은

219

에두아르도 멘도사의 소설 《구르브 연락 없다》의 영향을 받은 것입니다. 인터뷰로 서사가 진행되는 형식은 넷플릭스 오리지널 프로그램 〈미드나잇 가스펠〉을 참고했습니다. 소설 속 '별볼'의 성격은 MBC 프로그램 〈무한도전〉과 〈별이 빛나는 밤에〉를 떠올리며 구성했습니다.

이정인

dot. 12
루디의 라디오

초판 1쇄 발행 2024년 7월 20일

지은이 이정인
펴낸이 박은주
디자인 김선예, 이수정
마케팅 박동준

발행처 (주)아작
등록 2015년 9월 9일 (제2023-000057호)
주소 07236 서울특별시 영등포구 의사당대로 38 102동 1309호
전화 02.324.3945-6 **팩스** 02.324.3947
이메일 arzaklivres@gmail.com
홈페이지 www.arzak.co.kr

ISBN 979-11-6668-812-6 04840
979-11-6668-800-3 04840 (세트)

© 이정인, 2024